蓝墨水的下游

余光中 著

上海三联书店

目 录

蓝墨水的下游   001
——为"四十年来中国文学会议"而作

散文的知性与感性   007
——为苏州大学"当代华文散文国际研讨会"而作

作者，学者，译者   023
——"外国文学中译国际研讨会"主题演说

缪思未亡   038
——"第十五届世界诗人大会"主题演说

论的的不休   060
——中文大学"翻译学术会议"主题演说

此生定向江湖老？   083
——序邵玉铭文集《漂泊——中国人的新名字》

断然截稿   091

——序梅新遗著《履历表》

蟹酒居主饕餮客   102

——序庄因文集《飘泊的云》

一枝紫荆伸向新世纪   110

——为"第二届香港文学节"而作

龚自珍与雪莱   124

后　记   229

蓝墨水的下游

—— 为"四十年来中国文学会议"而作

　　自古以来，海洋并非我国文学的重要主题。尽管徐福探东海、郑和下西洋，这些传说与历史无人不知，中国文学的墨水里面却少海蓝。相反地，苏武牧于北海，张骞通于西域，却在诗文里留下不少白雪、黄沙。虽然如此，对海洋的向往仍是不绝的。孔子叹曰："道不行，乘桴浮于海。"庄子也夸夸海话，说什么北冥有鱼，其名为鲲，化而为鸟，其名为鹏，怒而飞，海运徙于南冥。

　　传说又一直认为，东海有蓬莱、方丈、瀛洲三座神山，其状如壶，又名为三壶山。真是令人神往得很，可惜谁也没有去过。不过四十年来，尤其是在"文革"期间，倒真有人发现了三神山，名字却改成了台湾、香港、澳门。十年以前，有一些香港作家曾经幻想，或可移民澎湖。不由人不联想到谐音的"蓬壶"，蓬莱的别名。

南方，一向是我国贬官遣囚之地，从屈原、贾谊、柳宗元、韩愈到苏轼，把文人一直贬到岭南、海南。抗战期间，蔡元培、许地山、萧红，死于香港，郁达夫死于苏门答腊，更往南了。长寿的耆宿，如胡适、黎烈文、梁实秋、台静农等，后来相继逝于台湾。今日华文作家生存的空间，向南，早已遍及南洋，甚至远达纽、澳，向东、向西，更及于欧美。海外各地的杰出作家总加起来，其分量未必比大陆轻出许多。而这四十年里，文学在大陆陷入低潮或濒于停顿，也为时不短。蓝墨水的上游虽在汨罗江，但其下游却有多股出海。然则所谓中原与边缘，主流与支流，其意义也似乎应重加体认了。

希腊只是欧洲南端的一个小半岛，但其文化却成为欧洲文化的源头与主力。就这半岛而言，又有不少大诗人来自外岛，例如：史诗宗匠荷马生于凯奥斯（Chios），抒情诗名家沙浮（Sappho）长居列司波斯（Lesbos），田园诗鼻祖萧克利特斯更远在西西里。

英国孤悬欧洲西北，为一岛国，然而文学之盛不输他国，莎士比亚的影响更笼罩全欧。到了浪漫时期，拜伦对欧陆的影响也无远弗届。爱尔兰又在英国之西，其为英国之边陲，正如英国为欧洲之边陲，然而文学之盛不但可以入主英国，更进而撼及全欧：史威夫特（Johnathan Swift）、萧伯纳、王尔德、叶慈（Yeats）、乔艾斯（James Joyce）、贝凯特（Samuel Beckett）等等都是佳例；萧伯纳与王尔德甚至领袖伦敦剧界，而叶慈更入主英国诗坛。同样地，拉丁美洲承西班牙之余绪，却开拓了南半球的天地，在文学上的光芒，甚至凌驾祖国。

我们只听人说文化，而不说武化，乃因文能化人。所以文化深入而持久，但是武功不能。蒙古入主中原，但是阿鲁赤之子萨都剌却成了汉诗名家；满洲征服华夏，但是正黄旗的纳兰性德却成了汉词后秀，凄婉直追南唐二主。正说明了文化可以超越武功，凌乎政治。到了现代，新文学的名家老舍原是旗人，萧乾原是蒙古族人，但是自然而然都成为中国作家，用所谓汉语写作。若说这是出于强势文化或强势语言的压迫，恐怕是说不通的，因为孙中山、蒋介石、甚至毛泽东、邓小平的乡音，都不是普通话。

语言当初或有约定，但俗成之后就成了自然之势，沟通之门，不必也不易更改了。但是要能俗成，也必有其条件，那就是能与文字妥善结合，便于处理当代思想，新知近事，甚至已经创造了可观的文学作品：这才是真正的"强势"，而不仅靠政治力量。也正因如此，在流行粤语而英国政府不置可否的香港，绝大部分作家使用的不是粤语，而是汉语；在新加坡，闽、粤二裔的华人也是用普通话的华文写作，而非乡音。

文学的流传有赖语言，语言的使用愈普及，发展愈成熟，历史愈悠久，它所流传的文学当然也更受惠。萨都剌、纳兰性德用汉文写作，等于吸收了汉文深长的传统与表达的力量，而得以拥有今日十亿以上的"潜在读者"。这到底是汉文的"侵略"还是"被利用"，实在难说。同样地，英国虽已撤离印度，今日印度的小说大家，包括鲁西迪（Rushdie），却有不少是用英文写作，进而享誉于英语世界。爱尔兰的作家以英文写作成功，甚且入主英国文坛，乃是乘势借力，应该视为爱尔兰的扩大，而非英国的入侵。英文因发展与流通而旺盛，爱尔兰文却因长久的孤立而日局。萧伯纳与王尔德如果坚持用古老的盖尔文（Gaelic）写剧本，就算写出来了，恐怕观众与读者都会锐减。

这真是十分微妙的事情：边缘的作家可以影响，甚至率先中原，但同时也接受了中原的语言、文化。其间的得失，恐非单纯的沙文主义或爱乡情怀所能计算。

英国诗人邓约翰（John Donne）在一六二三年所写的证道词里说："没有人是一个岛，自给自足；每个人都是大陆的一部分，整体的一片段。如果一片土被海浪冲走，则欧洲的损失，正如冲走了一角海岬，冲走了你朋友的田庄或是你自己的田庄。不论谁死了，我都受损，因为我和人类息息相关。所以不要派人去问，丧钟为谁而敲。丧钟为你而敲。"

三百多年前的这一段话，真像是为今日的欧洲共同体而说。但是相似的话，九百年前中国的诗人早说过了。《苏海识余》卷四记苏轼在海南岛的儋耳，自书云："吾始至南海，环视天水无际，凄然伤之曰：何时得出此岛耶？已而思之，天地在积水中，九州在大瀛海中，中国在少海之中，有生孰不在岛者？覆盆水于地，芥浮于水，蚁附于芥，茫然不知所济。少焉水涸，蚁即径去，见其类，出涕曰：几不复与子相见！岂知俯仰之间有方轨八达之路乎？念此可以一笑。"

中西两大诗人的警世之言，都是在海岛上说的。邓约翰生在岛上，苏东坡则是谪居岛上。两人都要打破岛的局限，不同的是：邓约翰要归属于大陆，而苏东坡则把大陆也看成一个岛。邓约翰倒颇有儒家气象，苏东坡则坦然有道家胸怀。不论是闭岛拒陆，或是坐陆凌岛的单向心灵，都不妨细味这两段话。岛，原来只是客观的地理局限，如果再加上主观的心理闭塞，便是双重的自囚了。但是反过来，大陆原是宽阔的空间，但是如果因自大而自闭，也会变成一个小岛，用偏见、浅见之海将自己隔绝在世外。

——一九九三年十二月六日

散文的知性与感性
—— 为苏州大学"当代华文散文国际研讨会"而作

一

文学作品给读者的印象，若以客观与主观为两极，理念与情感为对立，则每有知性与感性之分。所谓知性，应该包括知识与见解。知识是静态的，被动的，见解却高一层。见解动于内，是思考，形于外，是议论。议论要有层次，有波澜，有文采，才能纵横生风。不过散文的知性仍然不同于论文的知性，毕竟不宜长篇大论，尤其是刻板而露骨的推理。散文的知性该是智慧的自然洋溢，而非博学的刻意炫夸。说也奇怪，知性在散文里往往要跟感性交融，才成其为"理趣"。

至于感性，则是指作品中处理的感官经验；如果在写景、叙事上能够把握感官经验，而令读者如临其景，如历其事，这作品就称得上"感性十足"，也就是富于"临场感"（sense of immediacy）。一位作家若能写景出色，叙事生动，则抒情之功已经半在其中，只要再能因景生情，随事起感，抒情便能奏功。不过这件事并非所有的散文家都做得到，因为写景若要出色，得有点诗人的本领，叙事若要生动，得有点小说家的才能，而进一步若要抒情，则更须诗人之笔。生活中的感性要变成笔端的感性，还得善于捕捉意象，安排声调。

另一方面，知性的散文，不论是议论文或杂文，只要能做到声调铿锵，形象生动，加上文字整洁，条理分明，则尽管所言无关柔情美景或是慷慨悲歌，仍然有其感性，能够感人，甚至成为美文。且以王安石的《读孟尝君传》为例：

世皆称孟尝君能得士，士以故归之，而卒赖其力，以脱于虎豹之秦。嗟乎！孟尝君特鸡鸣狗盗之雄耳，岂足以言得士？不然，擅齐之强，得一士焉，宜可以南面而制秦，尚何取鸡鸣狗盗之力哉？夫鸡鸣狗盗之出其门，此士之所以不至也。

短短九十个字，回旋的空间虽然有限，却一波三折，层层逼进，而气势流畅，议论纵横，更善用五个"士"和三个"鸡鸣狗盗"形成对照，再以鸡犬之弱反比虎豹之强，所以虽然是知性的史论，却富于动人的感性。在美感的满足上，这篇知性的随笔竟然不下于杜牧或王安石自己咏史的翻案诗篇。足见一篇文章，只要逻辑的张力饱满，再佐以恰到好处的声调和比喻，仍然可以成为散文极品，不让美文的名作"专美"。

因此感性一词应有两种解释。狭义的感性当指感官经验之具体表现，广义的感性甚至可指：一篇知性文章因结构、声调、意象等等的美妙安排而产生的魅力。也就是说，感性之美不一定限于写景、叙事、抒情的散文，也可以得之于议论文的字里行间。

二

纯感性的散文可称美文，除了文体有别之外，简直就是诗了。六朝的骈俪文章，尤其像江淹的《恨赋》《别赋》之类，正是纯感性的美文。但是中国文化毕竟悠久，就连这样的美文也不脱历史的背景。若求其更纯，或可向小品之中去寻找。齐梁间文人的小简，在清丽的对仗之下，每有此种短篇佳制。刘潜《谢始兴王赐花纨簟启》便是美丽的样品：

> 丽兼桃象，周洽昏明，便觉夏室已寒，
> 冬裘可袭；虽九日煎沙，香粉犹弃，三旬沸
> 海，团扇可捐。

寥寥三十五字，焦点只集中在一个感性上：收到的桃枝簟与象牙簟触肌生凉，虽在三伏盛暑，亦无须敷粉挥扇。相对于这种纯感情的散文，韩愈的不少议论文章，例如《原道》《原毁》《师说》《讳辩》，讨论的都是抽象的理念，可谓之纯知性的散文。不过，正如法国作家毕丰（Buffon）所言："风格即人格。"在一切文体之中，散文是最亲切、最平实、最透明的言谈，不像诗可以破空而来，绝尘而去，也不像小说可以戴上人物的假面具，穿上事件的隐身衣。散文家理当维持与读者对话的形态，所以其人品尽在文中，伪装不得。

散文常有议论文、描写文、叙事文、抒情文之分；准此，则其第一类应是知性散文，其余似乎就是感性散文了。其实，如此分类，不过便于讨论而已。究其真相，往往发现散文的名作，在这些功用之间，只是

有所偏重，而非断然可分。文章的风格既如人格，则亦当如完整的人格，不以理绝情，亦不以情蔽理，而能维持情理之间的某种平衡，也就是感性与知性的相济。也因此，知性散文之中，往往有出色的感性片段；反之，在感性散文里，也每有知性的片段令人难忘。例如曹丕的《典论·论文》，本质当然是知性的，可是读者印象最深的，却是"盖文章经国之大业，不朽之盛事"以后的一段。那一段究竟算是知性还是感性，固难断言，可是到了篇末这几句，高潮涌起，感慨多于析理，则显然是感性的：

> 古人贱尺璧而重寸阴，惧乎时之过已。而人多不强力，贫贱则慑于饥寒，富贵则流于逸乐，遂营目前之务，而遗千载之功：日月逝于上，体貌衰于下，忽然与万物迁化，斯志士之大痛也。

同样地，丘迟《与陈伯之书》对于叛将晓之以义，动之以情，戒之以史，大致上是一篇知性文章，但其传世之句，却是"暮春三月，江南草长，杂花生树，群莺乱飞"最富感性的这一段。反之，《前赤壁赋》原为感性抒情之作，但是苏子答客的一段，就地取材，因景立论，而以水月为喻，却转成知性的高潮。"盖将自其变者而观之，则天地曾不能以一瞬；自其不变者而观之，则物与我皆无尽也。"知性的哲理乃成为感性美文的脊椎，支撑起全篇的高超洒脱。同理，《阿房宫赋》是一篇华丽的辞赋，前三段恣意铺张，十足成了描写文。但从第四段的"嗟乎"起，虽仍维持写景的排比句法，却渐从感性摆渡到知性。到了末段，正式进入知性的高潮：

> 呜呼！灭六国者，六国也，非秦也。族秦者，秦也，非天下也。嗟夫！使六国各爱其人，则足以拒秦。使秦复爱六国之人，则递三世可至万世而为君，谁得而族灭也。秦人不暇自哀，而后人哀之。后人哀之，而不鉴之，亦使后人而复哀后人也。

议论一波三折，鞭辟入里，顿挫之中，势如破竹，层层相推，乃逼出最后的结论。逻辑饱满的张力，一路推向结论的高潮，其为美感，绝不逊于写景鲜活、叙事生动、抒情淋漓尽致的感性高潮。何以知性的议论也会产生美感呢？那是因为条理分明加上节奏流畅，乃能一气呵成，略无滞凝。理智的满足配合生理的快感，乃生协调和谐之美。就文论文，不难发现《阿房宫赋》末段的句法，不但语多重叠，而且句多类似，一路读来，节奏自多呼应，转折之处更多用"而"字来调节，尤觉灵敏。这么安排句法，语言本身就已形成一种感性系统了。

准此，则把散文分成知性与感性，往往失之武断，并无太大意义。许多出色的散文，常见知性之中含有感性，或是感性之中含有知性，而其所以出色，正在两者之合，而非两者之分。就像一面旗子，旗杆是知性，旗是感性：无杆之旗正如无旗之杆，都飘扬不起来。文章常有硬性、软性之说：有杆无旗，便失之硬性；有旗无杆，又失之软性。又像是水果，要是一味甜腻，便属软性，而纯然苦涩呢，便属硬性。最耐品味的水果，恐怕还是甜中带酸，像葡萄柚那样吧。

所以太硬的散文，若是急于载道说教，或是矜博炫学，读来便索然无趣。另一方面，太软的散文，不是一味抒情，便是只解滥感，也令人厌烦。老实说，不少所谓的"散文诗"过分追求感性，沉溺于甜腻的或是凄美的诗情画意，正是此种软性散文。其实，不论所谓"散文诗"或是所谓"美文"，若是一味纯情，只求唯美，其结果只怕会美到"媚而无骨"，终非散文之大道。有一本散文集，以纯抒情为标榜，序言便说：

"纯抒情散文是梦，是星空烟雨，是三月的柔思，是十月的秋云。"这几句话，尤其是"星空烟雨"一句，是否妥当，姑且不论，但是这样的风格论，要把散文等同于诗，而且是非常狭窄的一种抒情诗，恐也非散文之福。

要求作家下笔就得"载道"，不是自己的道，而是当道的道，固然是太"硬"了。反之，怂恿作家笔端常带"纯情"，到了脱离言志之境，又未免太"软"了。一位真正的散文家，必须兼有心肠与头脑，笔下才能兼融感性与知性，才能"软硬兼施"。

三

唐宋号称八大文家，而后世尤崇韩、柳、欧、苏。其中道理，当有专家深入分析。若以知、感兼擅为多才的标准，来权衡八大，则苏洵与曾巩质胜于文，几无美文可言。苏辙最敬爱兄长，也确有几篇传世的感性美文，亦能诗，堪称多才。剩下一个王安石，能文之外，兼擅诗词，当然称得上多才。不过就文论文，他笔下的感性固然胜于老苏与曾巩，但比之四大，却也较为质胜于文。拿《游褒禅山记》跟《石钟山记》

来比，两篇都是游记，也都借题发挥，议论纵横而达于结论。然而借以发挥的那个"题"本身，亦即游山的感性部分，则苏轼的文章感性强烈，如临其境，显得后文的议论真是有感而发；王安石的文章却感性平淡，未能深入其境，乃显得后文的议论滔滔有点无端而发。总而言之，苏文的感性与知性融洽，相得益彰，王文的感性嫌弱，衬不起知性。

因此我不禁要说，同样是散文家，甚至散文大家，也有专才与通才之分。专才或偏于知性，或偏于感性，唯有通才始能兼擅。以此来衡量才之宽窄，不失为一种可靠的标准。例如苏轼，在论人的文章里，其知性与抒情的成分尚有浓淡之分：《晁错论》几乎不抒情，至于《范增论》《贾谊论》《留侯论》，则抒情成分一篇浓于一篇。《方山子传》又别开生面，把抒情寓于叙事而非议论。至于《喜雨亭记》《凌虚台记》《超然台记》《放鹤亭记》《石钟山记》等五记，却又在抒情文中带出议论，其间情、理的成分虽各不同，但感性与知性的交织则一。更多姿的该是赤壁二赋：两篇都是抒情文，但是前赋在饱满的抒情之中，借水月之喻来说理，兼有知性，后赋却纵情于叙事与写景，纯是感性。苏轼兼为诗宗词豪，姑且不论，即以散文一道而言，其才之宽，亦不愧"苏海"。

四

自从新文学运动以来，散文一直是文坛的主力，虽然不如诗与小说那么勇于试验而变化多端，却也不像这两种文体那么历经欧风美雨而迷惑于各种主义、各种派别。散文的发展最为稳健，水准最为整齐，而评价也较有共识。在所有文体之中，散文受外来的影响最小，因为它原来就是中国古典文学的主力所在，并且有哲人与史家推波助澜；而在西方，尤其是到了现代，它更是弱势文体，不但作家逐渐凋零，连评家也不很重视。和诗、小说、戏剧等文体相比，散文的技巧似乎单纯多了，所以更要靠文字本身，也更易看出"风格即人格"。

新散文中当然也有知性与感性的对比。如果哲学家、史学家、教育家、社会学家等等人文学科的学者，甚至报刊的主笔、专栏作家等等，笔下兼具文采，则其文章应该算是广义的知性散文，而且当然言之有物。可惜一般文艺青年所见太浅，品味又狭，不免耽于感性，误会软性的散文才是正宗的散文。其实文学评论如果写出了文采，塑造了风格，像《文心雕龙》《人间词话》那样，其本身也可以当作品来观赏。我在高中时代，苦读冯友兰的《人生哲学》，不太能够领会，嫌

其文体有点不新不旧，不文不白。后来读到罗家伦的
《新人生观》，费孝通的《重访英伦》，便欣然有所会
心。但是给我启发最大的，却是朱光潜的《给青年的
十二封信》与《给青年的十三封信》。这两本文艺欣赏
的入门书，流行于三〇、四〇年代，很少人把它当作
知性散文来读。我这位高中生却一字不苟地读了好几
遍，不但奉为入门指南，更当作文字流畅、音调圆融、
比喻生动的散文来体会。

> 俗语说得好，"惟大英雄能本色"，所谓
> 艺术的生活就是本色的生活。世间有两种人
> 的生活最不艺术，一种是俗人，一种是伪君
> 子。"俗人"根本就缺乏本色，"伪君子"则
> 竭力遮盖本色。

朱光潜的文章，早在六十年前竟就写得如此清畅自然，
颇为可贵。日后我自己写起知性散文来，不仅注意要
言之有物，更知道要讲究节奏与布局，正是始于孟实
先生的启蒙。

至于感性的散文，当然应该求之于当行本色的散
文家。许多人很自然就想到了徐志摩，想到他的诗情
画意。徐志摩原是诗人，下笔自然富于诗情画意，以

散文艺术观之，其胜正在抒情、写景，《我所知道的康桥》可以印证。此文颇长，共分四段。就首段的缘起，次段的说理看来，叙事平平，议论也欠警策，均非所长；一直要等到后两大段描写康桥景色，并引发所思所感，才能读到十足的美文。更长的一篇《巴黎的鳞爪》，缺乏知性来提纲挈领，失之芜杂，感性的段落固多佳句，但每逢说理，便显得不够透彻练达。这是我读韩潮苏海时未有的缺憾。

这种缺憾，见之于另一位诗人散文家的感性散文，情形恐怕更甚于徐志摩，那就是何其芳。其实，早期的散文家里，感性散文写得最出神、最出色的，恐怕得数名气不及徐志摩而夭亡却更早的一位作家——陆蠡。在抗战期间，他被日军逮捕，继而杀害，成为早期新文学莫大的损失。陆蠡的独创在于断然割舍冗文赘念，而全然投入一个单纯的情境，务求经营出饱满的美感。也许议论亦非他所长，但是他未曾"添足"，所以你也捉不到他的短处。例如《贝舟》一文，破空而来，戛然而止，中间的神秘之旅原来是一场白日梦。此文幻而似真，叙事、写景，笔法都飘逸清空，不像徐志摩那么刻意着墨，已经摆脱了写实的局限。《囚绿记》里，一个寂寞的人把窗外的常春藤牵进房来，做他的绿友，终于怜其日渐憔悴，又把这绿囚释回。不待细赏本文，仅看文题，已觉其别出心裁了。最出神入化的一篇，《瀸》，只从一丝萦念的线头，竟抽出了一篇唯美而又多情的绝妙小品。且看下面所录怎样无端地破题，才一转瞬，方寸之间早已开辟出如何的气象：

> 曾有人惦记着远方的行客，痴情地凝望着天际的云霞。看它幻化为舟，为车，为骑，为舆，为桥梁，为栈道。为平原，为崇岭，为江河，为大海，为渡头，为关隘，为桃柳夹岸的御河，为辙迹纵横的古道，私心嘱咐着何处可以投宿，何处可以登游，何处不应久恋，何处宜于勾留，复指点着应如何迟行早宿，趋吉避凶……

陆蠡不愧是散文家中的纯艺术家，但仅凭如此的美文，却不能充分满足我们对散文情、理兼修，亦即文质彬彬的要求。于是我们便乞援于"学者的散文"。

这名称有点望之俨然，令人却步，其实不必紧张。此地的学者当然不是食古不化、泥洋不通的学究学阀，而是含英咀华、出经入典、文化熏陶有素，却又不失天真、常葆谐趣的从容心灵。这种心胸坦对大千，以万象为宾客，富于内者溢于外，写散文小品，不过是厚积的学力，活泼的想象、敏锐的观察，在沉静中的自然流露，真正是"风格即人格"，一点做不得假。不过学者所长往往正是所短，因为博极群籍之余，每一下笔，那些名句常会不招自来，如果才气不足以驱遣学问，就会被其所困，只能凑出一篇稳当然而平庸之作。所以愈是学富，就更必须才高，始能举重若轻，写出真正的学者散文。

学者的散文当然也要经营知性与感性，更常出入于情理之间。我曾经把这种散文叫作"表意"的散文，因为它既不要全面地抒情，也不想正式地说理，而是要捕捉情、理之间洋溢的那一份情趣或理趣。如果文章的基调在感性，例如抒情、叙事或写景、状物，则其趣味偏于情趣：梁实秋的《雅舍小品》属于此类。如果基调是在知性，在于反复说明一个观念，或是澄清一种价值，则不论比喻有多生动，其兴会当偏于理趣：钱锺书的《写在人生边上》有不少小品属之。这里面的消长微妙交错，难以截然区分，但仍然可以感觉。《雅舍小品》的知性较少，而且罕见长篇大论。梁实秋来台后仍保存这种作风，例如：

家居不可无娱乐。卫生麻将大概是一些

太太的天下。说它卫生也不无道理，至少上
肢运动频数，近似蛙式游泳。

这当然是一种情趣，因为蛙式游泳的妙喻是感性
的。反之，下列这一段摘自钱锺书的《吃饭》，尽管也
有妙喻，但由于旨在说明观念，其妙却在理趣：

> 吃饭有时极像结婚，名义上最主要的东
> 西，其实往往是附属品。吃讲究的饭事实上
> 只是吃菜，正如讨阔佬的小姐，宗旨倒并不
> 在女人。这种主权旁移，包含着一个转了弯
> 的不甚素朴的人生观。

不过，钱锺书毕竟是《围城》与《人·兽·鬼》
的作者，除了王尔德式的理趣之外，当然也擅于感性
的抒情，《一个偏见》的这一段足以证明：

> 每日东方乍白，我们梦已回而困未醒，
> 会听到禽声无数，向早晨打招呼。那时夜未
> 全消，寂静还逗留着来庇荫未找清的睡梦。
> 数不清的麻雀的鸣噪，琐碎得像要啄破了这
> 个寂静；乌鹊的声音清利像把剪刀，老鹳乌

的声音滞涩而有刺像把锯子，都一声两声地
向寂静来试锋口。

十七世纪英国玄学派诗人，如邓约翰与马尔服，
好用几何学的圆规、角度、线条等知性意象来比喻感
性的爱情，中国作家却擅用感性的风景来象征文化与
历史。比梁实秋、钱锺书晚出三十多年的余秋雨，把
知性融入感性，举重若轻，衣袂飘然走过了他的《文
化苦旅》。他在三峡的起点这么说：

白帝城本来就熔铸着两种声音、两番神
貌：李白与刘备，诗情与战火，豪迈与沉郁，
对自然美的朝觐与对山河主宰权的争逐。它
高高地矗立在群山之上，它脚下，是为这两
个主题日夜争辩着的滔滔江流。

——一九九四年五月卅一日

作者，学者，译者

——"外国文学中译国际研讨会"主题演说

一

一百七十二年前的今天，一位年轻的诗人驾着他更年轻的轻舟，从比萨驶回雷瑞奇（Lerici），不幸遇上风雨，溺于地中海里。我说的正是雪莱，那时他还未满三十岁，但是留下的丰盛作品，从长篇的《普罗米修斯之解放》（*Prometheus Unbound*）、《阿当奈司》（*Adonais*）到短篇的《西风颂》、《云雀歌》（*To a Skylark*），日后都成了西方文学的经典。不过雪莱还是一位饱学深思的学者，不但谙于希腊、拉丁的古典，邃于诗学，而且通晓意大利文、西班牙文、法文、德文。他对文学批评的一大贡献，那篇一万四千字的长论《诗辩》，知者当然较少。至于他把欧陆名著译成英文多篇，这方面的成就，恐怕只有专家才清楚了。

雪莱英译的名著包括希腊诗人拜翁（Bion）及莫斯科司（Moschus）的田园挽歌，罗马诗人魏吉尔（Virgil）的《第四牧歌》，但丁《炼狱》二十八章的前五十一行，西班牙剧作家卡德隆的《魔术大师》及歌德《浮士德》的各数景。这些译作分量不算很重，但是涉及的原文竟已包括了希腊文、拉丁文、意大利文、西班牙文与德文，足见雪莱真是一位野心勃勃而又十分用功的译者。不过他的诗名太著，光芒乃掩盖了论文与译文。

译者其实是不写论文的学者，没有创作的作家。也就是说，译者必定相当饱学，也必定擅于运用语文，并且不止一种，而是两种以上：其一他要能尽窥其妙，其二他要能运用自如。造就一位译者，实非易事，所以译者虽然满街走，真正够格的译家并不多见。而究其遭遇，一般的译者往往名气不如作家，地位又不如学者，而且稿酬偏低，无利可图，又不算学术，无等可升，似乎只好为人作嫁，成人之美了。

不过行行都能出状元的。翻译家真成了气候，风光之盛甚至盖过著名作家，进而影响文化或宗教。例如圣杰罗姆所译的拉丁文普及本圣经，马丁·路德所译的德文本新旧约，影响之深远并不限于宗教。佛教的翻译大师也是如此。玄奘在天竺辩才无碍，"名震五天"，取经六百五十七部回国，长安万人空巷欢迎。唐太宗先是请他做官，见他志在译经，乃全力支持；慈恩寺新建的翻经院，"虹梁藻井，丹青云气，琼础铜踏，金环华铺"，也供他译经之用，《瑜伽师地论》译成，更为他作《大唐三藏圣教序》。在梵唐西域之间，玄奘成了国际最有名的学者，家喻户晓，远胜今日诺贝尔奖的得主。

至于天竺高僧鸠摩罗什，夙慧通经，成为沙勒、龟兹的国宾，前秦苻坚听到他的盛名，甚至派骁骑将军吕光率兵七万，西征龟兹，命他"若获罗什，即驰驿送之"。为了抢一位学者，竟然发动战争，其名贵真成国宝了。后来罗什辗转落在吕越手里，姚兴又再派兵征伐，迎回罗什，并使沙门八百多人传受其旨。罗什在草堂寺讲经，姚兴率朝臣及沙门一千多人，肃容恭听。

十八世纪英国名诗人颇普（Alexander Pope），扬言将译《伊利亚德》（*The Iliad*），英王乔治一世即捐二百镑支援，太子也资助了一百镑，书出之后，译者赚了五千多英镑。这在当时已是巨富；因为在他之前，米尔顿（John Milton）的《失乐园》只卖了五镑，在他之后，拜伦的《唐璜》也不过索酬二千五百镑。颇普得以独来独往，经济无忧也是原因。

这些当然都是可羡的罕例，不过翻译这一行也不是没有风险的。例如印度小说家鲁西迪的《魔鬼诗篇》引起轩然大波，其日文版的译者竟遭杀害，而意大利文版的译者亦遭殴打。"翻译即叛逆"之说，遂有了新的诠释。

二

我一直认为，一个国家的文化要有进展，得靠一群专业读者来领导广大的普通读者。同时我认为，"附庸风雅"未必是件坏事。风雅而有人争相附庸，就算口是心非，也表示风雅当道，典型犹存，至少还有几分敬畏。一旦举国只听流行小调，而无人再为贝多芬侧耳，或是只会从连环漫画里去亲近古代的哲人，那就表示不但风雅沦丧，就连附庸的俗人也都散尽，公然"从俗""还俗"去了。

要维护风雅，主领风骚，就有赖一群精英的专业读者来认真读书，为普通读者带头示范。作家、学者、译者、编者、教师等等，正是专业的读者；要读好书，出好书，得靠他们。作家如果读得不认真，就不能吸收前人或时人的精华；退一步说，如果他不细读自己的文稿，就不能发现自己的缺失，加以改进。我甚至认为，作家所以不长进，是因为不认真读他人的作品，更因为不认真审视自己的作品，既不知彼又不知己，所以无从认真比较。同样地，学者、译者、编者、教师等人，对于自己要论、要译、要编、要教的作品，如果没有读通，则其不通，或是半通不通，势必祸延普通读者。其中译者之为专业读者，意义尤为重大。译者对待自己要译的书，读法当然有异于学者或教师，但由译者读来，一字一句，甚至一个标点也不能放松，应该是再彻底不过的了。我们可以说，读一本书最彻底的办法，便是翻译。

原则上，译者必须也是一位学者。但是他的目的不在分析一本书的来龙去脉、高下得失，为了要写论文或是书评。译者的目的，是把一本书，不，一位作家，带到另外一种语文里去。这一带，是出境也是入境，把整个人都带走了样，不是改装易容，而是脱胎换骨。幸运的话，是变成了原来那位作家的子女，神气和举止立可指认，或者退一步，变成了他的侄女、外甥，虽非酷肖，却仍依稀。若是不幸呢，就连同乡、同宗都不像了，不然就是遗传了坏的基因，成为对母体的讽刺漫画。

　　尽管如此，译者仍然是一种学者。他可以不落言诠，可以述而不作，却不能没有学问；不过他的学问已经化在他的译文里了。例如翻译莎士比亚，在某些场合，遇到 brave，不译"勇敢"，而译"美好"；同样地，turtle 不译"乌龟"而译"斑鸠"，crab 不译"螃蟹"而译"酸苹果"，学问便在其中了。

　　有些译者在译文之后另加注解，以补不足，而便读者，便有学者气象。年轻时我读傅雷所译《贝多芬传》，遇有译者附注，常也逐条去读。原文若是经典名著，译者这样郑重对待，诚然是应该的；如果更郑重些，加上前序后跋之类，就更见学者的功力了。其实，一本译书只要够分量，前面竟然没有译者的序言交代，总令人觉得唐突无凭。译者如果通不过学者这一关，终难服人。

　　成就一位称职的译者，该有三个条件。首先当然是对于"施语"（source language）的体贴入微，还包括了解施语所属的文化与社会。同样必要的，是对于"受语"（target language）的运用自如，还得包括各种文体的掌握。这第一个条件近于学者，而第二个条件便近于作家了。至于第三个条件，则是在一般常识之外，对于"施语"原文所涉的学问，要有相当的熟悉，至少不能外行。这就更近于学者了。

　　基督教的圣经传入各国，是根据希伯来文与希腊文，并透过拉丁文辗转传译的巨大工程，其间皓首穷经，不知译老了多少高僧鸿儒。对于英美文学影响至巨的"钦定本"（the Authorized Version），便是奉英王詹姆斯一世之命译成。参与这件译界大事的专家五十四人，多为国中希伯来文与希腊文的顶尖高手，共为六组，乃由西敏寺、牛津、剑桥的学者各设二组所合成，从一六〇四年至一六一一年，穷七年之功始竣其事。

　　不过比起七世纪中叶在长安完工的译经盛会来，"钦定本"这七年又显得短了。玄奘主持译经，是由唐太宗诏命在弘福寺进行，并且派了房玄龄、许敬宗召集硕学沙门，也是五十余人，参与助译，《瑜伽师地论》成，又为之作序，亦可谓之"钦定本"了。根据唐代的译场制度，翻译的职司与流程，从译主、证义、证文、笔受等等一直到钦命大臣，多达十一个步骤，真是森严精密，哪像今日译书这么潦草。有资格进入玄奘的译场，任其"证文"的十二人与"缀文"的九人，当然无不"谙解大小乘经论"并为"时辈所推"。玄奘主持这浩大的工作，还得在不同的版本之间留意校勘，据说翻译《大般若经》时他就对照了三种梵本。这壮举前后历经十九年，玄奘笔不停挥，"三更暂眠，五更复起"，绝笔之后只一个月就圆寂了。这样的翻译大师，岂是泛泛的拘谨学者所能仰望？

比玄奘早两百多年的鸠摩罗什，无论是译《妙法莲华经》或《维摩诘经》，蜂拥而至的名流沙门动辄上千，有人是来相助译经，但有更多人是慕名来听译主讲经或参加讨论。足见当时的译者兼有学者的权威、法师的尊贵，其四方景从之盛，远非今日可比。

甚至近如严复，一生所译西方近代学术名著，包括赫胥黎的《天演论》、孟德斯鸠的《法意》、亚当·斯密的《原富》、穆勒的《名学》与《群己权界论》、斯宾塞的《群学肄言》、白芝浩的《格致治平相关论》，涵盖了自然科学与社会科学各部门，对清末现代化运动的启蒙，贡献极大。严复译介这些经典之作，皆曾熟读深思，原文涉及的相关著作，亦有了解，所以每加注释，辄能融会贯通。例如翻译赫胥黎的名著，他就会一并简述马尔萨斯的《人口论》（*An Essay on the principle of population* ）、达尔文的《物种原始论》（*On the origin of species* ）、斯宾塞的《综合哲学》，并且追溯远古的希腊哲学。如此旁征博引，左右逢源，才不愧是学者之译。

译者应该是一位学者，但是反过来，学者未必该做译者。在古代，中华文化自给自足，朱熹集注诗经，可以不涉及翻译。但是现代的中国学者却没法不治西学，而从欧美留学回来，即使不译西书，也往往要用中文来评介西方学说，或分析西方作品，一旦有所引证，就必须译成中文了。所以今之学者很难避免翻译的考验。

《西游记》是我国第一部留学生文学。玄奘从西方取经回国，志在翻译，所谓"译梵为唐"。他在梵文与唐文两方面的修养，都没问题。今日的留学生从西洋取经回国，译经的绝少，而说经的很多，而要说经，总不能避免引证，至少也得把术语行话翻译过来。可是留学生的中文已经一代不如一代，要他们用来译述自己崇仰的强势外文，只怕难以得心应手。如果引证的是知性文章，几个抽象名词加上繁复的句法，就足以令人喋喋嚅嚅，陷入困境。如果引证的竟是美文，尤其是诗句，恐怕就难逃焚琴煮鹤之劫了。

三

译者与作者之间的关系，相当微妙，也值得一谈。俗见常视翻译为创作的反义词。其实创作的反面是模仿，甚至抄袭，不是翻译。分得精细一点，也许该说，直译、硬译、死译正是创作之反，因为创作的活鸟给剥制成译文的死标本，羽毛一根不少，却少了飞翔。但是真正灵活、真有灵感的翻译，虽然不能径就取代原作，却也不失为一种创作，一种定向的、有限的创作。

作者要"翻译"自己的经验成文字，译者要"翻译"的还是那个经验，却有既成的文字为凭。有趣的是：作者处理的经验，虽然直接身受，却不够明确，其"翻译"过程便是由混沌趋向明确，由芜杂趋向清纯。译者处理的经验，虽然间接，却早已化成了明确而清纯的文字；译者若要"传神"，势必同时也得相当"移文"。不过这是极其高妙的艺术，译者自己虽然不创作，却不能没有这么一支妙笔。

"灵妃顾我笑，粲然启玉齿。"郭璞的游仙诗句呈现了多么生动诱人的表情。如果译成"灵妃看我笑，明亮露白牙"，说的还是那件事，但已面目全非了。问题还不全在雅俗之分，因为"粲然启玉齿"一句音容并茂，不但好看，更且好听。粲、启、齿同为齿音，而且同距间隔出现，音响效果绝妙。文言译为白话，已经大走其样，一国文字要译成他国文字，可见更难。

不过译者动心运笔之际，也不无与创作相通之处。例如作家要颂落日之美，视当时心情与现场景色，可能要在三个形容词之间斟酌取舍。结果他选择了 splendid 一字，于是就轮到译者来取舍了。灿烂、华美、壮观、明丽、辉煌？究竟该选哪个形容词呢？既有选择的空间，本质上也可算创作的活动了。同样地，句法的安排在译文中也有选择余地。英文句法惯在一句话的后面拖上一个颇长的受词，译者往往不假思索，依照原文的次序"顺译"下去。例如王尔德的喜剧《温德米尔夫人的扇子》（*Lady Windermere's Fan*），有这么一句台词：

Why do I remember now the one moment
of my life I most wish to forget?

如果"顺译"，就成了："为什么现在我会记起一生中我恨不得能忘掉的那一刻呢？"如果"逆译"，就成了："一生中我恨不得能忘掉的那一刻，为什么现在会记起来？"相比之下，逆译的一句显然更灵活，也更有力。仅此一例，就可以说明，译文句法的安排，也不无匠心独运的自由。英国诗人兼评论家柯立基（S.T.Coleridge，1772—1834），曾说诗是"最妥当的字眼放在最妥当的地位"。如果译者也有相当的机会，来妥择字眼并妥排次序，则翻译这件事，也可以视为某种程度的创作了。何况译文风格的庄谐、语言的雅俗等等，译者仍可衡情度理，自作取舍，其成王败寇的俊果，当然也得自己担当。我在"龚自珍与雪莱"的长论里，为了说明雪莱也有书生论政的一面，就曾把雪莱诗剧"希腊"序言的一段，译成"战国策"体的文言。这样的自由自主，是译者自己争来的。

作家的责任，在勇往直前，尽量发挥一种语文之长，到其极限。译者的责任，在调和两种语文的特色：既要照顾原文，保其精神，还其面目，也要照顾译文，不但劝其委婉迎合原文，还要防其在原文压力之下太受委屈，甚至面目全非。这真是十分高明的仲裁艺术，颇有鲁仲连之风。排难解纷的结果，最好当然是两全其美，所谓"双赢"，至少也得合理妥协，不落"双输"。译者的责任是双重的，既不能对不起原作者，也不能对不起译文，往往也就是译者自己的国文。他的功夫只能在碍手碍脚的有限空间施展，令人想起一位武侠怀里抱着婴孩还要突围而出。这么看来，他的功勋虽然不像作家彪炳，其实却更难能可贵。

再以旗与风的关系为喻。译文是旗，原文是风，旗随风而舞，是应该的，但不能被风吹去。这就要靠旗杆的定位了。旗杆，正是译文所属语文的常态底线，如果逾越过甚，势必杆摧旗扬。

　　雪莱为自己的翻译定了一个原则：译文在读者心中唤起的反应，应与原文唤起者相同。他苦心研译但丁的《炼狱》，认为欲善其事，译者的思路必须合于最像但丁的英国诗人，而所用的语言必须喻于现世大众。终于他找到了一举两得之道：就是揣摩米尔顿如何用英文来对付但丁的题材，并试验但丁的连锁三行体（terza rima）。

　　雪莱初到意大利，就坐在米兰大教堂的玫瑰窗下，向着中世纪风味的幽光，吟诵《神曲》。此后他一直耽于朗读《神曲》与《失乐园》，深深沉浸在史诗的情操与声韵之中，以习其文体。雪莱的表兄梅德文（Thomas Medwin）为他作传，就追记他们共读但丁的情景，又说雪莱每逢诗兴不振，就转而译诗，一来免得闲散，二来借此自励，以期导向新作。雪莱一面朗诵，一面精译《神曲》之句，就是要窥探但丁诗艺之秘。果然，《西风颂》波起云涌层出不穷的气势，颇得力于《神曲》的连锁韵律。而那首五百多行的长篇《生之凯旋》，雪莱临终尚未完成，不但也用这种连锁段式，就连构想与风格也欲追但丁。

　　作家而兼译者，其创作往往会受到译作的影响。反之，译者如果是当行本色的作家，其译作的文体与风格也不免取决于自己创作的习惯。翻译，对于作家是绝对有益的锻炼：它不仅是最彻底的精读方式，也是最直接的"临帖"功夫。我出身外文系，英美诗读了一辈子，也教了半生，对我写诗当然大有启发，可是从自己译过的三百首诗中，短兵相接学来的各派招式，恐怕才是更扎实更管用的功夫。

反之，作家而要翻译，遇到平素欠缺锻炼的文体，就会穷于招架，因为有些基本功夫是无法临阵磨枪的。例如某些诗人译诗，由于平日写惯了自由诗，碰上格律诗的关头，自然就捉襟见肘，不是诗行长短失控，就是韵律呼应失调，而因己之拙，祸延原著。雪莱坚持，译但丁必须维持严格的连锁韵律，本是译者应有的职业道德、艺术勇气。怪不得他终能借但丁之力吹起雄伟的西风，那才算真正的豪杰。同样地，文言修养不够的译者，碰上盘根错节的长句，当然也会不知所措，无法化繁为简，缩冗为浓。至于原文如有对仗，译文恐怕也只好任其参差不齐。

尽管译者的名气难比作家，而地位又不及学者，还要面对这么多委屈和难题，翻译仍然是最从容、最精细、最亲切的读书之道，不但所读皆为杰作，而且成绩指日可期。在翻译一部名著的几个月甚至几年之间，幸福的译者得与一个宏美的灵魂朝夕相对，按其脉搏，听其心跳，亲炙其阔论高谈，真正是一大特权。译者当然不是莎士比亚，可是既然译笔在握，就可见贤思齐，而不断自我提升之际，真欲超我之凡，而入原著之圣。就像一位演奏家诠释乐圣，到了入神忘我之境，果真就与贝多芬相接相通了。到此境地，译者就成了天才的代言人，神灵附体的乩童与巫者。这就是译者在世俗的名利之外至高无上的安慰。

——一九九四年七月八日

缪思未亡

——"第十五届世界诗人大会"主题演说

一

一九九四年在台北举行的"世界诗人大会",选定在八月二十八日开幕,虽属巧合,却有不凡的意义。因为今天正是诗人歌德(Johann Wolfgang von Goethe,1749—1832)的诞辰。歌德不但是各体兼胜的德国大诗人,也是融贯文艺与科学的人杰,当得起艾略特美誉的"欧洲大师"之称,而且,对我们今日这盛会特具意义的,是早在一百六十多年前,他已经高瞻远瞩,提出了"世界文学"的观念。一八二七年一月三十一日,垂老的歌德对艾克曼说:"这几天我读的书又多又杂;特别有一本中国小说还没有读完,觉得真是不同凡响。中国人的思想、作为、感觉，几乎跟我们完全一样；我们很快就发现自己全像他们，只是他们的所作所为比我们更清楚、更单纯、更文雅……所以我总爱四面八方看看外国，而且劝大家也这么做。国家文学在今日已经是不太有意义的字眼了；世界文学的时代已经来临，大家必须努力促进。"

就这么立足欧洲，放眼天下，歌德不愧是世界公民。又有一次他对艾克曼说："诗人而为公民，应爱自己的祖国，但是他的诗才所本，诗笔所托，只要是善良的、高尚的、美的，均为故乡，不必限于一省、一国。"然后他做了一个豪爽的譬喻，说诗人"就像是鹰，飞巡列国，纵目俯瞰，并不在意他下攫的野兔是在普鲁士或是萨克森境内奔逃"。

歌德对于诗的前途颇有信心。他对艾克曼说："我越来越深信，诗乃人类共享的财富，无所不在，永久流传，在成千上万的诗人之间。"不过，他和艾克曼谈到当代诗坛，却不能无忧。他说："我称古典诗为健康，浪漫诗为病态。准此，则'尼贝龙根之歌'也与'伊利昂记'一样古典，因为两部诗都活泼而健康。许多现代作品却是浪漫的，不是因为新的关系，而是因为软弱、反常、病态。"

歌德在少壮时代，原是狂飙运动的骁将，老来却对浪漫的诗歌表示不满。当行本色的诗人尚且如此，也就难怪文学史上"外行"对诗的质疑，几乎不曾断过。这些"外行"或者"行外"人士甚至来自哲学与宗教，至于政治的干扰，更是众所周知。

最有名的例子当然是柏拉图。他认为现实在于理念而不在色相，万物只是理念的模仿，诗人描写万物，不过是模仿的再模仿，已经是第三手的现实了。既然诗人所写失真，当会危及社会，是以柏拉图要将诗人从理想国中驱逐出境。

柏拉图此说对后世的诗论影响极大，也引起不少纷争。六百年后，新柏拉图派的哲学家普洛泰纳司（Plotinus）反对此说，认为艺术家创造之美，不在他所描摹的对象，也不在他所造形的材料，而在他所注入的心机。这么一来，普洛泰纳司认为那材料也随机转化了：自然之不足，艺术家补足之。

文艺复兴的前夕，诗人薄伽邱（Giovanni Boccaccio）挺身而出，为诗道辩护。在《异教诸神谱系》一书中，他广征博引，力排众议，为缪思久受的冤屈辩诬。他指出，历来"仇诗者流"（these enemies of poetry）控告诗人都是说谎者，因为诗人相信异教的泛神论，有违基督教的一神论。薄伽邱说，诗人的虚构旨在创造，不在欺骗，所以不是说谎。他把论诗的战场引回宗教，质问仇诗者流，如果叙述违背了常理便是说谎，试问约翰的《启示录》中，何以满是七印、七号、戾龙、妖兽之类的异象呢？如果教会可以说，那些异象只是譬喻，则诗人也可以说，诗中的虚构也无非是象征。

接着薄伽邱把战场推回哲学，来辩解"诗人莫非哲学家之猴"的嘲笑。此说由来已久，可以上溯到苏格拉底与柏拉图，说是因为哲学探究的是真理，而诗追求的只是转了两手的模仿。薄伽邱力斥其诬，指陈诗人之创作所暗示者，无不合于哲学，但是诗与哲学虽然同归，却由殊途：哲学所行乃逻辑之三段论法，务求明确，诗所行者乃入神观照，务求在虚构之中婉喻暗示；哲学用朴素无华的散文，诗则用精妙动人的韵律；哲学宜在讲堂上辩论，诗只合在静寂中吟咏。殊途如此，怎能径说诗人是哲学家之猴呢？

自从理想国递解诗人出境以来，身份可疑的诗人就这么不断为自己洗刷。在英国文学史上，最有名的两位辩护律师都是年轻饱学的诗人。席德尼（Sir Philip Sidney, 1554—1586）战死于荷兰时，还不满三十二岁；他的"诗辩"（*An Apology for Poetry*）身后才出版。雪莱溺于地中海时，更未足三十；他的"诗辩"（*A Defence of Poetry*）乃殁前一年之作，也在身后才面世。

这两篇文章都针对时人诋诗之作而发，但均非狭义的论战。席德尼针对的，是清教徒作者高升攻讦诗与戏剧的"妄诞派"（*The School of Abuse*, by Stephen Gosson）一文。席德尼要答辩的几点指控，包括：诗乃浪费时间；诗为"谎言之母"；诗为"妄诞之奶娘"；诗见逐于柏拉图之理想国。他指出诗道源远流长，自古即为教化所系，遍受尊崇：希腊人称诗人为"造物"（poietes），罗马人称诗人为"先知"（vates）。他说一切艺术皆仰赖造化之功，唯诗人出类拔萃，能另辟天地："造化呈现大地，错锦之富，难比众多诗人之功……造化所辟乃黄铜世界，唯诗人能点成黄金。"他发挥亚里士多德之说，说明诗之为艺术，模仿的不仅是事之已然，也是事之或然。

席德尼更强调，诗人的任务兼顾教导与怡悦；诗人显现善恶的手法，比造化所用的更活泼有力。诗人胜过哲学家者，在于较为具体，而胜过历史家者，在于较为普遍。至于诗人被控说谎，席德尼的反驳是："诗人无所固执"（the poet nothing affirmeth）。他的结论是：诗并未借卑下的欲望来糟蹋人的心智，反倒是人的心智糟蹋了诗。

薄伽邱之后二百多年而有席德尼，席德尼之后二百多年而有雪莱。不过这一次逼得诗人出手自卫的，不是哲学家或神学家，而是文学家；不但是文学家，还是一位当行本色的诗人，更是雪莱自己的好友。

皮考克（Thomas Love Peacock，1785—1866）在浪漫主义的时代，是一位反潮流的讽刺家。他的六本小说不以情节而以对话取胜，通常是写一群奇人怪客在乡下的庄宅里高谈阔论，各持偏见而众说纷纭。这些偏见都是当代的进步话题，出于怪士之口却成为浪漫主义的反讽，其间更穿插了不少讥刺的谐诗。满座哓哓的文人，影射的全是浪漫诗人，不但将三位湖畔诗人，外加拜伦、史考特（Walter Scott）都一网打尽，连好友雪莱也不幸免。

皮考克意犹未尽，更写了一篇六千多字的长文《诗的四个时代》（*The Four Ages of Poetry*），把西方的诗歌分成铁、金、银、铜四期来逐一分析。铁色时代是迷信的先民时代，文字尚未诞生，诗歌犹借口传；诗歌就是神话，也就是历史，诗人也兼为乐师、巫师、史官。奥菲厄司（Orpheus）即其代表。金色时代是诗歌的全盛期，以荷马、平达（Pindar）、沙福克利斯（Sophocles）等为代表，歌颂的正是铁色时代的神明与英雄。然而文明日进，理性就日渐抬头，事实也就变得比虚构更为动人，所以诗歌的成年正是历史的童年。接下来是诗的银色时代，以魏吉尔为其代表。这时文明已经成熟，诗歌已经赶不上事实与思想，也无神话可以运用，只能改写金色时代的作品，其结果虽然更见精致，却也失之模仿。于是铜色时代来临，不但扬弃了银色时代的精致与学问，更退回铁色时代的野蛮与粗鄙，却自命是重归自然，再振金色的时代：罗马帝国衰退期活跃之诗人，皆为铜色时代之代表。

就在这样的背景上，兴起了现代诗的金色时代，也就是文艺复兴的高潮，崇奉的是希腊、罗马文学，而以莎士比亚为代表。米尔顿独来独往于金、银两代之间，兼有金色时代的清新活力与银色时代的刻意铺张。银色时代则始于朱艾敦，成于颇普，终于格雷：这是权威统领文坛的时代，但是经不起卢梭与福尔泰（Voltaire）的挑战，便让位给第二个铜色时代，也就是热情洋溢、想象飞跃的浪漫运动。皮考克说，此时诗人已经落伍了，"由于理性进步，诗人四周愈加光明，但他像鼹鼠一样躲进了过时的反文明主义，那一团阴

皮考克认为，这种兴衰的周期，也可以用以观察西方的现代诗。他说，古典的铜色时代告终，现代的铁色时代便告开始，那便是中世纪前半的黑暗时期（The Dark Ages）这时，基督教的传说取代了希腊的神话，查理曼大帝和亚瑟王的武士取代了古典的英雄；传奇与歌谣成为新文类，爱情与战争成为大主题。

影就愈加浓了"。接着他指名道姓，从华兹华斯到拜伦，一连批评了七位浪漫诗人，说他们放纵激情，无视于历史与哲学，是在开倒车，甚至说华兹华斯是"病态的梦中人"。

雪莱看得出皮考克亦庄亦谐的调侃，但是也认为皮考克所采的立场，正是功利主义的哲学家和偏重物质的大众对想象力非议或漠视的态度，乃写了长达一万四千字的《诗辩》作为答复。雪莱溯本追源，广征博引，强调在人类的宏大关怀之中，超凡而创新的想象不可或缺，否则贪婪的社会但求急功近利，自满于物质的进步，结果是发展了科学而荒废了"诗心"，亦即伦理的想象力。其反讽正是："人类虽然奴役了自然，却自甘为奴。"

皮考克认为理性的领域日广，诗的天地便日局。雪莱否定此说，强调诗人功在不断刷新语言，防其腐败而导致文化衰朽；又说诗人开拓语言的新机，等于为它"立法"，为它"预言"，而由于重建了我们观世的格局，也等于协力重造了世界。对雪莱而言，诗之为用在于"清除我们心目上那层积习的翳膜，不让它遮蔽生命的奇迹"。

不过，在答辩的热情之中，雪莱立意愈高，阔论愈玄，例如他会把诗人说成"参永恒，赞无限，合本元"。这种泛柏拉图观已经把诗人做最广义的解释，把突破时代与地域限制的一切创造心灵，不但是作家与艺术家，连先知、立法者与各种宗派的先驱，都纳入其内了。《诗辩》的最后一句正是："诗人者，未经公认而实为世界之立法者也。"

二

在科技杀鸡取卵、生态危机四伏、电脑几乎反控人脑的今日，我们面临二十一世纪的门槛，恐怕再也不会以"世界之立法者"自命了吧。被柏拉图逐出理想国的诗人，何时才能回国呢？四百年前，席德尼在《诗辩》里还理直气壮地宣称："诗人乃一切学问的君主。因为他不但指点迷津，而且展示动人的前途，足以引诱所有的行人上路。他朝你走来，谈吐文雅可亲，说的故事使儿童放下游戏，老人也走出火炉的角落。"这在古代大概是真的，因为传奇与歌谣都可以吟唱。

四百年后，又一位英国诗人说，诗的功用卑之无甚高论，不过使"小孩子不看电视，老头子不上酒馆"。这是拉金（Philip Larkin，1922—1985）的气话，自以为相当低调了。其实我们都很清楚，时至今日，不要说诗了，就连小说吧，文学的新贵，也唤不回早被电视拐走了的孩子了。而一伙来拐走读者的，还有录音带、录影带、电玩、伴唱机等等：雪莱引以为忧的科学压倒文学，早已变本加厉，成为方便而迷人的科技，魔杖一挥，把读者变成了听众、观众。今日的电视就像"天方夜谭"里的喜哈娜莎德（Scheherazade），用连续剧的悬宕手法每晚为苏丹王说一个故事。电视机前的千万观众，正是爱听故事的苏丹王。不同的是，以前的人"读"故事，不论那故事是史诗、叙事诗、歌谣或小说（暂且不管先民只是"听"故事），现在的人多半是向荧光幕或银幕上"看"故事。读者虽然是被动的，但比起观众来却显得主动多了，因为要在心中把抽象的文字还原成生动的感官经验，有赖文字的修养，而修养愈高，所得也愈多、愈妙；但是观众面对的却是赤裸裸的故事，不须修养便能接受。读者的心智活动毕竟高于观众，不但深浅随人，还可边读边想。一个社会如果读者愈少而观众愈多，势必趋于浅俗。

自古以来，诗屡次受到宗教与哲学的质疑，更常受政治的压迫，也引起不少诗人挺身而出，为缪思护驾。诗亡之叹，可说无代无之。其实反诗人士之所以反诗，适足以反证诗的力量不可忽视。反讽的是，在现代的社会，尤其是在自由开放的国家，政治、宗教、哲学等等对诗已经很少压力，然而诗却遭冷落了，不是受人反对，而是被人淡忘。这诚然是诗的不幸，但何尝又是社会之幸？

广义而言，一个社会不会全然无诗，不过未必是诗人认可的方式。沙比洛（Karl Shapiro）就说，广告才是美国的诗。此语也非纯然取笑，因为广告的措辞与图像同样需要创新。我觉得现代社会并不缺诗，因为对大众而言，流行歌提供给他们的诗意，已经够充沛、够洋溢了。那明快的节奏、蛊人的旋律、单纯的主题、浅显的语言，对于青少年说来，就像可口可乐一样地可口。相比之下，现代诗句显得难懂而乏味，像是酸涩不甜的（dry）葡萄酒了。这是指现代西方一般的流行歌，至于高明如巴布·狄伦（Bob Dylay）和四披头（The Beatles）一等的，则其对听觉、对诗情给予的满足，或苦涩、或美好、或激昂、或苦而带甘，未必是现代诗中泛泛的佳作所能比美。

三

几乎每一个时代都有诗亡之忧；时至今日，这隐忧不再来自宗教、哲学，甚至也不是政治的压力，而是来自所谓"开放社会"的通俗文化。这种文化决定于商业取向、民主性格、媒体传播，具有"向下看齐"的趋势。渐渐地，文字已经"民主化"成为一种"讯息"，而非艺术。甚至有心人已经在讨论"文学是否死亡"：隐忧，已成了显忧了。

尽管如此，我仍然要说："缪思未亡"。

缪思未死，但是她病了。缪思哑了。

缪思之病不止一端。例如直到今天，仍有不少人诉苦，说是不懂现代诗，或是勉强懂了，仍不觉其美。这问题由来已久，非我此地所能详谈。我从来就不认为文学要大众化，另一方面，也不认为现代诗人一定要抱住为缪思殉教的精神，严选甚至严拒其读者。我的立场中庸得似乎矛盾：既不相信民主，也不自命贵族。我的立场是"小众化"，从未改变。

如果连小众化都做不到，那现代诗的困境就不能完全怪罪社会，而要自我反省，找出本身有什么缺陷。读者排斥现代诗的原因不一，但是声调的毛病应该是一大原因。数十年来，现代诗艺的发展，在意象的经营上颇有成就，却忽视了声调的掌握。在台湾四十年来的现代诗坛，重意象而轻声调的失衡现象，尤为显著。

翁华德在"听觉与客体相喻之对立"（Walter J.Ong：*A Dialectic of Aural and Objective Correlatives*）一文中指出，现代诗人与诗评家惯将诗当作空间的客体，而非人间的声气，例如布鲁克斯（Cleanth Brooks）便用邓约翰诗意，把诗说成"精制的骨灰坛"（The Well Wrought Urn），而麦克里希则把诗喻为无声的水果、不语的奖牌。翁华德强调，诗乃人与人间互通声气而心心相印的捷径，建立的是马丁·布伯所谓的"尔我"关系，而非"物我"关系。他更指出，字不仅是"物"，更是"语"，是呼唤，出于内心而发为声气，而气（breath），正是生命。

在希伯来文、希腊文及其他语文之中，风、气、灵魂、灵感等字眼，不是相同，便是互通。所以雪莱在"西风颂"的第一句便说："狂放的西风啊，秋之生命的气息。"这观念对于中国人真是不言而喻。从孟子的浩然之气到曾国藩的盛气，说明气之为物在中国哲学里有何等地位。我们叫精神作"元气"，叫死亡作"断气"，叫"有出息"作"争气"，在在可见气多重要。

呼吸为生命之必要，无须多说。我们可以暂且不视、不听、不眠、不食，却不能几分钟不呼吸。婴孩降世，立刻开始呼吸，放声大哭，然后牙牙学语；至于看清物象，甚至握笔涂鸦，都要晚得多了。这说明发音与听觉对人的经验是多么原始而强烈，也正可说明，一首诗的生命至少有一半在其声调，如果不读出声来，其生命便尚未完成，不算完整。

在西方神话里，阿波罗兼为诗与音乐之神。九位缪思之中，司抒情诗的女神欧忒耳珀（Euterpe）兼司音乐，手中握的是笛。专掌情诗的女神爱若多（Erato）抱着竖琴，所以英文抒情诗（lyric）一字便语出竖琴。而此字源出希腊，转自拉丁，所以法文、德文、意大利文、西班牙文、葡萄牙文里的抒情诗一字，也莫不从竖琴变来，拼法接近英文。奥菲厄司艺惊鬼神，是诗人，也是乐圣。至于在教育上，中世纪学童必修的"七艺"，依次是前三艺（trivium）文法、逻辑、修辞，后四艺（quadrivium）几何、天文、算术、音乐。同样，周礼所载国子应习的六艺：礼、乐、射、御、书、数，也强调音乐的教育。在西方，许多诗体和曲式根本是互通的，最常见的当然是"歌"（song）、"谣"（ballad）、"颂"（ode）。但是"序曲"（prelude）、"哀歌"（elegy）、"回旋曲"（rondeau）之类也很普遍，而十四行的商籁（Sonnet）在意大利文里原意就是小歌。在中国的传统里，诗与歌不分，合称诗歌，甚至倒称歌诗。至于诗题，以歌、行、曲、调、操、引、乐、谣称者，更是惯见；宋词索性用词牌标题，真正的主题反成为副题。

诗与音乐的关系不但深长，诗本身的风格、结构、感性等等也有赖声调的配合。尤其是格律诗，音乐性更强，如果只是默看而不吟诵，就难以充分体会、全神投入。那遗憾，若容我夸大其词，简直就像默看曲谱而不演唱一样。西方的诗在声调上有的近于歌，有的近于口语；像回行颇频、分段不拘的无韵体（blank verse），和用无韵体写成的诗剧，当然较近口语，但是一般押韵的格律诗，若不加以朗诵，就不能尽得其意，畅表其情。中国的古典诗，除了罕见的例外，都是押韵的格律诗，若不解如何吟诵，更难以尽兴尽情，体会其真正的生命。

古人写作时低回苦吟，诗成后慷慨高歌，在声调上所付的心血，今之读者已难体会，今之作者恐怕大半也无心或无力效法了。一首诗整整齐齐印在平面的纸上，外行的或是粗心的读者，根本"看"不出它在声调上有什么特色，因为他往往不会出声诵读，作感性之充分体会。其实今之读者多半不是"读者"，只是"观者"：他们眼中，而非耳中的缪思，其实是哑口女神。我怀疑，今之诗人所供奉的缪思，究竟有多少不是哑口。

四

诗艺，正如其他艺术，不外乎是在整齐与变化之间灵活运用，巧做安排。真正的大匠总能在整齐之中求变化，在约束之中争自由。若是一味固守整齐，就会沦于呆板，而反过来，若是只知追求变化，也必沦于纷繁。固定的格律行之太久会丧失生机，于是西方有所谓自由诗。自由诗虽然盛行于现代，但其滥觞早在圣经里已见于《诗篇》与《雅歌》。后来歌德、贺德林（Hölderlin）、海涅、安诺德等都曾用此体；惠特曼更是此体的重镇。象征派将此体推行于法国，对艾略特等有颇大的影响。

一九一〇年至一九一八年，意象派兴起于英美诗坛，以僵化的诗体与浪漫的滥情为革新的对象，倡导精确而硬朗的意象，并试用口语的新节奏来写自由诗。意象派鼓吹的六大信条之中，蔓延最快、从者最众的一条，就是"我们相信，诗人的特色用自由诗来表现，往往会比用固有的诗体更有效"。结果自由诗体少数的佳作，很快就被劣作的浪潮淹没了。一般效颦的作者，顾名思义，误以为所谓自由诗只是一种消极的诗体，可以免于一切格律，怎么写都不会离谱，于是避重就轻，走上了这条"容易的捷径"。其实当初意象派的休姆与庞德，虽然鼓励大家试验自由诗，同时也曾强调其目的是在创造新节奏。所以"自由"一词，原来是指摆脱前人固定的格律，而不是指从此可以任意乱写，不必努力去自创新的节奏，成就新的格律。

和稍早三年的立体派在画坛的作用相当，意象派在诗坛的意义，也是一种过渡时期的解放运动，"破"多于"立"。自由诗更是如此，大破之后似乎只留下了小立。格律诗是破了，但是立刻有许多坏散文，假自由诗之名混进了诗里来。其实绝大多数的自由诗，只有自由而无诗，都是失败之作。另一方面，诗中的意象经此运动的鼓吹更受重视，诗人经营意象，尤其是隐喻，更加着力。自由诗泛滥，散文化冲溃了格律的堤防，却又流不成什么新的江河，只留下了声调的水灾。同时意象却加工经营，便导致诗的感性偏重视觉而忽略听觉。三十年代左翼诗人所写的自由诗，四十年代超现实诗人所写的自动语言的梦境，前者只有使散文化变本加厉，无益于新节奏之建立，后者只有使意象愈加纷繁，焦距更乱。

在这样的影响下，民初的中国诗人很快便写起自由诗来了。潘朵拉（Pandora）之盒既开，散文化很快便泛滥成灾，直到今日这洪水仍不退。这病象，半世纪前早有洞见的诗评家如朱光潜者，已经直言指陈了。

最早的自由诗由郭沫若领头，艾青继之，对于破旧诗之陈规虽有作用，但是对于立新诗之法却未能竟其全功。另一方面，闻一多倡导格律诗，有心力挽散漫纷繁的狂澜，复导百川归海。可惜新月派的子弟与从者未能真正为新主题"相体裁衣"，追求整齐而无力变化，遂使"豆腐干体"终成绝响。于是自由诗席卷诗坛，成为一般作者无师自通的致诗捷径。

除了少数诗家在自我淬砺之余能够贯通中西、调和今古，吸收世界潮流而又不失民族本色之外，一般作者写新诗的技巧，例如分行、分段、回行，甚至韵式、句法等等，几乎都从西方学来。问题正在学的方式。如果是向译诗取法，则中、西文化不同，语言相异，最好的翻译也不过是原作的七折八扣，而不好的翻译总是居多，以讹传讹，更是谬以千里。许多人都认为诗不可译，佛洛斯特（Robert Frost）更说：诗是一经翻译就消失的东西。如果我们分析诗的成分，当可发现：意象、比喻之类具体可感的东西，比较译得过去，也就是说，不会"译掉"（get lost in translation）；但是声调之妙，诉诸听觉的音响效果像双声、叠韵、阴韵（feminine rhyme）、谐母音（assonance）、谐子音（consonance）、一语双关（pun）、同音异义（homonym）等等，就几乎全会"译掉"。例如班江森

（Ben Jonson）在悼念莎士比亚的诗中，把莎翁的姓拆成两截，说成 shake a lance（影射 shake spear），就绝不可译。又如莎翁《暴风雨》中海悼短歌的首句：

Full fathom five thy father lies

八个音节里就有四个 f 开头的唇音双声字，加上三个若隐若现的 i 的长音彼此呼应，音响的暗示效果微妙之极，译者也告束手。

反之，意象具体可感的诗句，不但可译，而且译得不会太走样，例如艾略特《普鲁佛洛克之恋歌》（*The Love Song of J.Alfred Prufrock*）的起句：

Let us go then, You and I,
When the evening is spread out against
　　the sky
Like a patient etherized upon a table；

让我们这就去吧，你跟我，
当黄昏已靠在西天摊卧，
像病人麻醉在手术台上。

这么惊人的一个比喻，译成任何语言，相信都不会怎么逊色。同样地，李清照的"只恐双溪舴艋舟，载不动，许多愁"，以具体喻抽象，翻译起来也不会不讨好。由此观之，诉诸视觉的意象比较国际化，超语言的呈现颇有机会；诉诸听觉的声调比较民族化，要脱离母语而独立呈现，几无可能。足见一首诗在听觉上的生命，有其不移的民族性，所以容易"译掉"。也所以，想从译诗去学外国诗艺，所得者往往是惊人的意象，而所失常是微妙的声调。中国的新诗向西方取经，也因此每每失衡，以至失实。如果所取是自由诗，则无论是直接读原文或间接读译文，在声调上所获实在不多。自由诗如果译得不好，则更是只见其"自由"而不见其"诗"。向这样的译诗去学习，也就难怪一蟹不如一蟹了。

艾略特的《荒原》在诗体上常被归入自由诗，其实他本人是最反对自由诗的，至少是反对自由诗之误解与滥用。一般中国新诗人所了解的自由诗之"自由"，往往止于负面，就是不要韵，不要句式与段式的常态——诗行长短不拘、段中行数不限，而每行的节奏也不必控制。其实西方不少较佳的自由诗，往往只是几种格律的自由配合，或是自由出入于某种格律，而非将格律一概摒除。例如艾略特的《荒原》虽然称为自由诗，其诗句其实是在"说"与"唱"之间进行，尽管说得多，唱得少，却也有点像戏曲的道白与唱腔相得益彰，又像歌剧到了高潮，宣叙调便浓缩为咏叹调那样。《荒原》一共四百三十二行，如加细审，当会发现其中全押韵的占了一百零五行，半押韵的也有十八行，约为全诗四分之一；更可发现，其中还有不少诗行采用了英诗最传统的"抑扬五步格"，例如从二百三十五行到二百五十六行，就完全如此。因此严格说来，《荒原》绝非一首消极的所谓自由诗，而是松中有紧，变中寓常，妙合众体的灵活之作。

当初前卫诗人试验自由诗，原意是要反抗千百年来渐趋僵硬的"韵文化"，但破而不立，"自由"沦为"泛滥"，一脚刚跳出"韵文化"，另一脚又陷进了"散文化"。其恶果是：今日习见的自由诗任意回行，任意分段，任由诗行忽长忽短，失去常态，任由句法忽起忽落，失去呼应。读者大众甚至小众不愿逆受现代诗，这也是一大原因。

艾略特对此感受最深，屡次痛切陈词。一九一七年，在《论自由诗》一文中他早有远见："摒弃韵律并非跳出难关；适得其反，如此一来，语言所受的压力更大。予人快感的韵之反响一旦失去，则用字遣词、造句营篇之成败立即判然。一旦无韵，诗人立即就要为散文的标准负责……而无韵的自由也不妨转为自由用韵。一旦韵摆脱了支持歪诗的苦工，就可以更为有效地用在切要的关头。因为在一首无韵的诗中，往往有些地方就需要用韵来造成特效，来突然加紧，来继续坚持，或者顿改心境。"

二十五年后（一九四二），中年的艾略特说得更为明确："许许多多的坏散文都假冒自由诗之名写成：不管其作者写的是坏散文或是坏诗，也不管其坏诗有多少种类，我觉得都无关紧要。只有坏诗人会把自由诗当成诗体的解放来欢迎。自由诗反叛的是僵化的形式，却要为新的形式或旧形式的新生铺路。"

艾略特此语迄今，又过了半个世纪，自由诗的泛滥依故。现代诗在音调上的乱象再不挽救，则不但大众化无缘，也许有一天小众化也会不保。缪思未死，却也病得不轻。在歌德诞生的纪念日，且探缪思的病情。

——一九九四年八月廿八日

论的的不休

——中文大学"翻译学术会议"主题演说

一

无论在中国大陆或是台港，一位作家或学者若要使用目前的白话文来写作或是翻译，却又不明简洁之道，就很容易陷入"的的不休"。不错，我是说"的的不休"，而非"喋喋不休"。不过，目前白话文的"的的不休"之病，几乎与"喋喋不休"也差不多了。

"的"字本来可当名词，例如"目的""无的放矢"，也可当作形容词或副词，例如"的确""的当""的的"。但在白话文中，尤其"五四"以来，这小小"的"字竟然独挑大梁，几乎如影随形，变成一切形容词的语尾。时到今日，不但一般学生，就连某些知名学者，对这无孔不入的小小"的"字，也无法摆脱。我甚至认为：少用"的"字，是一位作家得救的起点。你如不信，且看这小不点儿的字眼，如何包办了各式各样的形容词、句。

1．一般形容词，例如：美丽的晚霞；有趣的节目；最幸福的人。

2．是非正反之判断词，常用于句末，例如：他不来是对的；你不去是不应该的；这个人是最会反悔的。有时候可以单独使用，例如：好的，明天见；不可以的，人家会笑话。

3．表从属关系之形容词，例如：王家的长子娶了李家的独女；他的看法不同。

4．形容子句，例如：警察抓走的那个人，其实不是小偷；昨天他送你的礼物，究竟收到没有？

5．表身份的形容词，实际已成名词，例如：当兵的；教书的；跑江湖的；做妈妈的。[1]

一个"的"字在文法上兼了这么多差，也难怪它无所不在，出现的频率奇高了。许多人写文章，每逢需要形容词，几乎都不假思索，交给"的"去解决。更有不少人懒得区分"的"与"地"，"的"与"得"之间的差异，一律用"的"代替。自从有了英文形容词与副词的观念，渐多作者在形容词尾用"的"，而在副词尾用"地"。前者例如"他也有心不在焉的时候"；后者例如"他一路心不在焉地走着"。至于"得"字，本来用以表示其前动词的程度或后果，例如"他唱得很大声"或"他唱得十分悠扬"是表程度；而"他唱得大家都拍手"或"他唱得累了"是表后果。不少人懒得区分，甚至根本没想到这问题，一律的的到底，说成"他一路心不在焉的走着"，不然就是"他唱的累了"。这么一来，当然更是的的不休。

巧合的是，西方语文里表从属关系的介词，无论是法文、西班牙文、葡萄牙文的 de，或是意大利文的 di，也是一片的的不休；不过正规的形容词却另有安排。英文的 of，by，from 等介词音调各异，而表形容词的语尾也变化多端，无虞单调。中文里美丽的、漂亮的、俊秀的、好看的等等形容词，只有一个"的"字做语尾，但在英文里，却有 beautiful，pretty，handsome，good-looking 种种变化，不会一再重复。英文形容词的语尾，除上述这四种外，至少还有下面这些：

1. bookish, childish, British

2. golden, wooden, silken

3. artistic, didactic, ironic

4. aquiline, bovine, feline

5. childlike, lifelike, ladylike

6. sensual, mutual, intellectual

7. sensuous, virtuous, monotonous

8. sensible, feasible, edible [2]

9. sensitive, intensive, pensive

10. senseless, merciless, worthless

11. impotent, coherent, magnificent

12. radiant, vibrant, constant

13. futile, senile, agile

14. kingly, manly, fatherly

就算如此分类，也不能穷其变化，但是还有一大类形容词，是由动词的现在分词与过去分词变成：前者多表主动，例如 interesting, inspiring；后者多表被动，例如 interested, inspired；甚至还有复合的一类，例如 life-giving, heart-rending, jaw-breaking, hairsplitting，以及 broad-minded, hen-pecked, heart-stricken, star-crossed。英文形容词在语法组成上如此多变，中文的译者如果偷懒，或者根本无力应变，就只好因简就陋，一律交给"的"去发落，下场当然就是的的不休了。下面且举雪莱的一首变体十四行诗《一八一九年的英国》（England in 1819）作为例证。

> An *old, mad, blind, despised* and
> *dying* king—
> Princes, the dregs of *their dull* race,
> who flow
> Through *public* scorn—mud from a *mu-*
> *ddy* spring:
> Rulers, who neither see, nor feel, nor
> know,
> But *leech-like* to *their fainting* country
> cling,
> Till they drop, *blind* in blood, without
> a blow:
> A people *starved* and *stabbed* in the
> *untilled* field—
> An army, which liberticide and prey

Makes as a *two-edged* sword to all who
wield—

Golden and *sanguine* laws which tempt
and slay—

Religion *Christless*, *Godless*—a book
sealed；

A Senate—*Time's worst* statute *unrep-
ealed*—

Are graves, from which a *glorious* Ph-
antom may

Burst, to illumine *our tempestuous* day.

　　雪莱不擅十四行诗，每写必然技穷破格；这一首
和《阿西曼地亚斯》（"Ozymandias"）一样，也是英国
体十四行诗的变体，不但韵式错杂（abababcdcdccdd），
而且在第四、第八两行之末，句势不断；幸好最后的
两行做了断然的结论，收得十分沉稳。全诗在文法上
乃一整句，前十二行是八个名词复合的一大主词，直
到第十三行才出现述语（predicate）：are graves，这
样庞大的结构译文根本无法保持，只能化整为零，用
一串散句来应付。原文虽为一大整句，但其中包含了
六个形容子句，也就是说，译文可能得用六个"的"

字来照应。此外，our, their, Time's 之类的所有格形容词有四个，也可能要译文动用"的"字。至于正规的形容词，和动词转化的形容词，则数量更多，细察之下，竟有二十四个。这些，如果全都交给"的"去打发，甚至半数交由"的"去处理，的的连声就不绝于途了。六个形容子句、四个所有格形容词、九个动词分词，再加十五个正规形容词，共为三十四个，平均每行几乎有两个半，实在够译者手忙脚乱的了。不说别的，第一行下马威就一连串五个形容词，竟然也是的的（d, d）不休：

An old, mad, blind, despised, and
dying king—

最懒的译法大概就是"一位衰老的、疯狂的、瞎眼的、被人蔑视的、垂死的君王"了，但是二十一个字也实在太长了。为求简洁，"的"当然必须少用，不定冠词 an 也可免则免，"君王"则不妨缩成单一的"王"字，以便搭配较为可接的某形容词。整首诗我是这样译的：

又狂又盲，众所鄙视的垂死老王——
王子王孙，愚蠢世系的剩渣残滓，

在国人腾笑下流过——污源的浊浆；

当朝当政，都无视，无情，更无知，

像水蛭一般吸牢在衰世的身上，

终会蒙蒙然带血落下，无须鞭笞；

百姓在荒地废田上被饿死，杀死——

摧残自由，且强掳横掠的军队

已沦为一把双刃剑，任挥者是谁；

法律则拜金而嗜血，诱民以死罪；

宗教无基督也无神——闭上了圣经；

更有上议院——不废千古的恶律——

从这些墓里，终会有光辉的巨灵

一跃而出，来照明这满天风雨。

这首变体十四行诗，我译得不够周全：句长全在十二三字之间，倒不算脱轨，而是韵式从第七行起便未能悉依原文，毕竟不工。好在雪莱自己也失控了，末四行简直变成了两组英雄式偶句：我虽不工，他也不整，聊可解嘲。不过我要强调的不在格律，而是"的"字的安排。译文本来可能出现三十四个"的"字，而使句法不可收拾，幸喜我只用了七个"的"。也就是说，本来最糟的下场，是每行出现两个半"的"，但经我自律的结果，每行平均只出现了半个。

二

白话文的作品里，这小小"的"字诚不可缺，但要如何掌控，不任滥用成灾，却值得注意。"的"在文法上是个小配角、小零件，颇像文言的虚字；在节奏上只占半拍[3]，有承接之功，无压阵之用，但是在视觉上却也俨然填满一个方块，与前后的实字分庭抗礼。若是驱遣得当，它可以调剂文气，厘清文意，"小兵立大功"。若是不加节制，出现太频，则不但听来琐碎，看来纷繁，而且可能扰乱了文意。例如何其芳这一句：

> 白色的鸭也似有一点烦躁了，有不洁的
> 颜色的都市的河沟里传出它们焦急的叫声。[4]

连用了五个"的"，中间三个尤其读来繁杂，至于文意欠清。诗文名家尚且如此，其后遗影响可想而知。我对三十年代作家一直不很佩服，这种芜杂文体是一大原因。后来读到朱光潜、钱锺书的文章，发现他们西学虽然深厚，文笔却不西化，句子虽然长大，文意却条理清畅，主客井然，"的"字尤其用得节省，所以每射中的矢无虚发。我早年的文章里，虚字用得较多，译文亦然，后来无论是写是译，都少用了。这也许是一种文化乡愁，有意在简洁老练上步武古典大师。近年我有一个怪癖，每次新写一诗，总要数一下用了多少"的"字，希望平均每行不到一个：如果每行超过一个，就嫌太多了；如果平均每行只有半个甚或更少，就觉得这才简洁。我刚写好的一首诗，题为《夜读曹操》，全长二十六行，只用了六个"的"，平均四点三行才有一个，自己就觉得没有费词。一位作家不敢自命"一字不易"，但至少应力求"一字不费"。《夜读曹操》的前半段如下：

> 夜读曹操，竟起了烈士的幻觉
>
> 震荡腔膛的节奏忐忑
>
> 依然是暮年这片壮心
>
> 依然是满峡风浪
>
> 前仆后继，轮番摇撼这孤岛
>
> 依然是长堤的坚决，一臂
>
> 把灯塔的无畏，一拳
>
> 伸向那一片恫吓，恫黑
>
> 寒流之夜，风声转紧
>
> 她怜我深更危坐的侧影
>
> 问我要喝点什么，要酒呢要茶
>
> 我想要茶，这满肚郁积

正须要一壶热茶来消化

又想要酒，这满怀忧伤

岂能缺一杯烈酒来浇淋

这是定稿，但初稿却多了四个"的"字，未删之前是"依然是暮年的这片壮心／依然是满峡的风浪／……我想要茶，这满肚的郁积／正须要一壶热茶来消化／又想要酒，这满怀的忧伤／岂能缺一杯烈酒来浇淋"。

近日重读旧小说，发现吴敬梓与曹雪芹虽然少用"的"字，并不妨碍文字。且容我从《儒林外史》及《红楼梦》中各引一段，与新文学的白话文比较一番：

那日读到二更多天，正读得高兴，忽然窗外锣响，许多火把簇拥着一乘官轿过去，后面马蹄一片声音。自然是本县知县过，他也不曾住声，由着他过去了。不想这知县这一晚就在庄上住，下了公馆，心中叹息道："这样乡村地面，夜深时分，还有人苦功读书，实为可敬！只不知这人是秀才，是童生，何不传保正来问一问？"（《儒林外史》第十六回）

宝玉想"青灯古佛前"的诗句，不禁连

叹几声。忽又想起"一床席""一枝花"的
诗句来，拿眼睛看着袭人，不觉又流下泪
来。众人都见他忽笑忽悲，也不解是何意，
只道是他的旧病；岂知宝玉触处机来，竟能
把偷看册上的诗句牢牢记住了，只是不说出
来，心中早有一家成见在那里了，暂且不提。

（《红楼梦》第一百十六回）

《儒林外史》的一段，一百二十三字中一个"的"也没
用；《红楼梦》的一段，一百十二字中用了四个，平均
每二十八字出现一次。这些都是两百多年前的白话文
了。以下再引两段现代的白话文：

他不说了。他的凄凉布满了空气，减退
了火盆的温暖。我正想关于我自己的灵魂有
所询问，他忽然立起来，说不再坐了，祝你
晚安，还说也许有机会再相见。我开门相送，
无边际的夜色在等候着他。他走出了门，消
溶而吞并在夜色之中，仿佛一滴雨归于大海。

（钱锺书：《魔鬼夜访钱锺书先生》）[5]

白色的鸭也似有一点烦躁了，有不洁的

颜色的都市的河沟里传出它们焦急的叫声。有的还未厌倦那船一样的徐徐的划行。有的却倒插它们的长颈在水里，红色的蹼趾伸在尾后，不停地扑击着水以支持身体的平衡。不知是在寻找沟底的细微的食物，还是贪那深深的水里的寒冷。（何其芳：《雨前》）[6]

两文相比，钱锺书的一段，一百零一字中只有四个"的"，何其芳的一段，一百一十三字中却用了十六个：钱文平均二十五个字出现一次，何文则平均七个字出现一次，频率约为钱文的三倍。钱文比何文简洁，"的"之频率应为一大因素。再比两段分句的长度，就可发现，钱文用了二十个标点，何文比钱文多出十二个字，却只用了八个标点，足见钱文句法短捷，何文句法冗长，这和"的的不休"也有关系。

今古相比，钱锺书的"的的率"仍近于曹雪芹，但是不少新文学的作家，包括何其芳，已经升高数倍，结论是：今人的白话文不但难追古文的凝练，甚至也不如旧小说的白话文简洁。钱锺书的外文与西学远在何其芳之上，他的文体却不像何其芳那么西化失控。钱文当然也有一点西化，例如"他的凄凉布满了空气，减退了火盆的温暖。我正想关于我自己的灵魂有所询问"这三句的文法，使用的正是西语风格。（我要乘机指出："的"字所在，正是钱文西化的段落。）但是钱文的西化颇为归化，并不生硬勉强，反而觉其新鲜。何文就相当失控了，例如："白色的鸭""徐徐的划行""深深的水"几处，本来可说"白鸭""徐徐划行""深水"，不必动用那许多"的"。这种稀释的"的化语"在白话的旧小说里并不常见，究竟它是西化促成的现象，还是它倒过来促成了西化，还是两者互为因果，应该有人去深入研究，我觉得英文字典的编译者，似乎要负一部分责任。翻开一切英汉字典，包括编得很好的在内，形容词项下除了注明是 adj. 之外，一定是一串这样的"的化语"：例如，beautiful 项下总是"美丽的、美观的、美好的"；terrible 项下总是"可怕的、可怖的、令人恐惧的"；important 项下则不外"重要的、重大的、非常有价值的"。查英汉字典的人，也就是一切读者，在这种"的化语"天长地久的洗脑下，当然也就习以为常，认定这小"的"字是形容词不可或缺的身份证，胎记一般地不朽了。

这种"的化语"若是成群结队而来，就更势不可当，直如万马奔腾，得得连声。请看二例：

　　　　体面的、要强的、好梦想的、利己的、

个人的、健壮的、伟大的，祥子，不知陪着
人送了多少回殡；不知道何时何地会埋起他
自己来，埋起这堕落的，自私的，不幸的，
社会病胎里的产儿，个人主义的末路鬼！（老
舍：《骆驼祥子》末章末段）

远近的炊烟，成丝的、成缕的、成卷的、
轻快的、迟重的、浓灰的、淡青的、惨白的，
在静定的朝气里渐渐的上腾，渐渐的不见，
仿佛是朝来人们的祈祷，参差的翳入了天听。
（徐志摩：《我所知道的康桥》）

两段相比，老舍的七十七字里有"的"十二，平均六
个半字有一个"的"；徐志摩的六十四字里有"的"
十四，平均四个半字有一个。两段都的的不休，而徐
文尤其纷繁，一个原因是徐文"的、地"不分，把原
可用"地"的副词"渐渐"与"参差"用"的"垫了底，
所以多用了三个"的"。但是就一连串的"的化语"而
论，老舍却显得生硬而吃力，因为"祥子"头上一连
七个"的化语"是叠罗汉一般堆砌上去的，"产儿"头
上的四个也是如此；而徐志摩的一段，"炊烟"后面曳
着的一连八个"的化语"却是添加的，被形容的炊烟

已有交代，后面一再添加形容词，就从容多了，至少不像成串的形容词堆在头上，一时却又不知所状何物，那么长而紧张，悬而不决。[7]

英文的修饰语（modifier）中，除了正规的形容词常置于名词之前（例如 the invisible man）之外，往往跟在名词之后。例如 woman with a past, the spy behind you, the house across the street，便是用介词片语来修饰前面的名词；若是用中文译成"来历不堪的女人""你身后的间谍""对街的房屋"，修饰语便换到前面来了，而语尾也就拖上一个"的"字。又例如 The woman you were talking about is my aunt 一句，形容子句 you were talking about 原在主词之后，若是译成"你刚说起的这女人是我阿姨"，形容子句就换到主词前面来了，当然也就得用"的"来连接。如果修饰语可以分为"前饰语"与"后饰语"，则英译中的一大困局，便是英文的后饰语到中文里便成了前饰语，不但堆砌得累赘、生硬，而且凭空添出一大批"的化语"来。译者若是不明此理，更无化解之力，当然就会尾大不掉，不，高冠峨峨，的的不休。有一本编得很好的英汉辞典，把这样的一个例句：I know a girl whose mother is a pianist。译成："我认识其母亲为钢琴家的一个女孩。"英文的后饰语换成中译的前饰语，此句正是标准的恶例。这样英汉对照的例句，对一般读者的示范恶果，实在严重，简直是帮翻译的倒忙。其实英文文法中这种关系子句（relative clause），搬到中文里来反正不服水土，不如大而化之，索性将其解构，变成一个若即若离的短句："我认识一个女孩，她母亲是钢琴家。"

三

到了真正通人的手里，像关系子句这种小关细节，只需略一点按，就豁然贯通了。钱锺书《谈艺录》增订本有这么一段："偶检五十年前盛行之英国文学史巨著，见其引休谟言'自我不可把捉'（I never can catch myself）一节，论之曰：'酷似佛教主旨，然休谟未必闻有释氏也'（The passage is remarkably like a central tenet of Buddhism, a cult of which Hume could hardly have heard.—O.Elton, *A Survey of English Literature.*）。" [8] 这句话换了白话文来翻译，就不如钱译的文言这么简练浑成。其实无论在《谈艺录》或《管锥编》里，作者在引述西文时，往往用文言撮要意译；由于他西学国学并皆深邃，所以译来去芜存菁，不黏不脱，非仅曲传原味，即译文本身亦可独立欣赏，足称妙手转化（adaptation），匠心重营（re-creation）。容我再引《谈艺录》一段为证：

> 拜伦致其情妇（Teresa Guiccioli）书曰："此间百凡如故，我仍留而君已去耳。行行生别离，去者不如留者神伤之甚也。"
>
> （Everything is the same, but you are not here, and I still am. In separation the one who goes away suffers less than the one who stays behind.）[9]

这一句情话，语淡情深，若用白话文来译，无非："一切如常，只是你走了，而我仍在此。两人分手，远行的人总不如留下的人这么受苦。"文白对比，白话译文更觉其语淡情浅，不像文言译文这么意远情浓，从《古诗十九首》一直到宋词，平白勾起了无限的联想、回声。也许有人会说，不过是一封情书罢了，又没有使用什么 thou, thee, thy 之类的字眼，犯不着译成文言。其实西文中译，并不限于现代作品，更没有十足的理由非用白话不可；如果所译是古典，至少去今日远，也未始不可动用文言，一则联想较富，意味更浓，一则语法较有弹性，也更简洁，乐得摆脱英文文法的许多"虚字"，例如关系代名词who，关系副词when，where，或是更难缠的of whom，in whose house等等。的的不休，不可能出现在文言里。文言的"之"字，稳重得多，不像"小的子"那么闪烁其词，蜻蜓点水，只有半拍的分量。你看"赤壁之战""安史之乱""一时之选""堂堂之师"，多有派头。改成"赤壁的战""安史的乱"固然不像话，就算扩成五字的"赤壁的战役""安史的乱局"，也不如文言那样浑成隆重。

也就难怪早年的译家如严复、林纾、辜鸿铭者，要用文言来译泰西作品，而拜伦《哀希腊》一诗，竟有苏曼殊以五古，马君武以七言，而胡适以骚体，竞相中译而各有佳胜。后来的文人，文言日疏，白话日熟，更后来，白话文本身也日渐近于英文，便于传译曲折而复杂的英文句法了，所以绝少例外，英文中译全用了白话文。不过，在白话文的译文里，正如在白话文的创作里一样，遇到紧张关头，需要非常句法、压缩字词、工整对仗等等，则用文言来加强、扭紧、调配，当更具功效。这种白以为常、文以应变的综合语法，我自己在诗和散文的创作里，行之已久，而在翻译时也随机运用，以求逼近原文之老练浑成。例如叶慈的《华衣》，短小精悍，句法短者四音节、二重音，长者亦仅七音节、三重音，若译成白话，不但虚字太多，的的难免，而且句法必长，沦于软弱，绝难力追原文。终于只好用文言来对付，结果虽然韵序更动，气势则勉可保留，至少，比白话译来有力。

A Coat

I made my song a coat
Covered with embroideries
Out of old mythologies
from heel to throat;
But the fools caught it,
Wore it in the world's eyes
As though they'd wrought it.
Song, let them take it,
For there's more enterprise
In walking naked.

华衣[10]

为吾歌织华衣，
刺图复绣花，
绣古之神话，

自领至裾，

但为愚者攫去，

且披之以骄人，

若亲手所纫。

歌乎，且任之！

但有壮志盖世，

当赤体而行。

　　译界耆宿王佐良先生，去年不幸逝于北京。生前他推崇严复，曾撰《严复的用心》一文，探究几道先生何以竟用"汉以前字法、句法"来译西方近代政治、经济的名著，结论是当时的士大夫习于古文，若要他们接受西学，译笔宜求古雅。如此看来，则严复所言"译事三难：信、达、雅"，其中的雅字竟另有其隐衷了。

　　读书足以怡情，足以傅彩，足以长才。其怡情也，最见于独处幽居之时；其傅彩也，最见于高谈阔论之中；其长才也，最见于处世判事之际。练达之士虽能分别处理细事或一一判别枝节，然纵观统筹，全局策划，则舍好学深思者莫属。（王佐良译：《论

读书》)¹¹

这是培根小品名作《论读书》(Francis Bacon：*Of Studies*)的前段。毕竟是四百年前的文章，原文明彻简练，句法精短，有老吏断案之风。用白话文来追摹，十九难工。王佐良用文言翻译，颇见苦心，虽然译文尚可更求纯净，但是以古译古，方法无误，雄心可嘉，至少是摆脱了"的的不休"的困局。

——一九九六年二月于西子湾

附 注

1. 语法近于英文的 the rich, the undaunted, the underprivileged；不同的是，英文语尾仍有变化，莫衷一"的"。

2. 相似语尾尚有 readable, soluble 等格式，其他各项亦然。

3. 闻一多创格律诗，将每行分为二字尺、三字尺。其实"这是一沟绝望的死水"一句，"绝望的"只能算二拍半，"的"不能读足一拍。

4．见杨牧编:《现代中国散文选Ⅰ》(台北：洪范书店，1994)，页374—375。

5．见钱锺书:《写在人生边上》(上海：开明书店，1941)，页9。

6．见附注4。

7．徐志摩这一串"的化语"，因属后饰，不违中文语法，且有炊烟缕缕意趣，颇有效果，不能以"的的不休"病之。

8．见钱锺书《谈艺录》(增订本)(台北：书林出版公司，1988)，页597。

9．同上，页541。

10．见余光中编著:《英美现代诗选》(台北：时报出版公司，1980)，页53—54。译文已有修正。

11．见王佐良编译:《并非舞文弄墨——英国散文新选》(香港：牛津大学出版社，1993)，页8。

此生定向江湖老？

——序邵玉铭文集《漂泊——中国人的新名字》

中国文字里面最难翻译的一个词，恐怕就是"江湖"了。水汪汪的一片天地，说不尽有多少失意在野、沦落他乡的悲情，令人联想到奔波、流放、逃难、贬官等等场面，但在另一方面，又唤起多少隐士的逸兴、侠客的豪情，成为旧小说、地方戏最动人的背景。哪个洋人真能够体会"江湖"两字的意味，就有资格做半个中国通了。

有一句俗话相当暧昧，说什么"人在江湖，身不由己"。此地的"江湖"似乎有帮派的意味，否则在野之身有何拘束。倒是官场之中，尤其是今日台湾的官场，令人深感"人在庙堂，身不由己"。不说别的，至少我们的"国会"比江湖更加江湖。

《漂泊——中国人的新名字》作者邵玉铭先生，在他的新著中叙述童年因战乱而逃难于北方，壮年又因留学久客于异国，饱经漂泊之苦。如果漂泊是指经历，则其场景应为江湖了。他在四十三岁那年终于回来台湾定居，先则投身学界，继而应召入阁，成为"解严"之后第一任"新闻局长"。"学而优则仕"，他终于入了庙堂。记得他在任内，有一次应高雄市时报广场之邀，与我联席座谈，名为"邵玉铭 VS. 余光中"。面对这不中不西的题目，我不禁戏言："V 在邵局长那边，是指 VIP，S 在我这边，该是 Scholar 了。"

那当然是说笑，但当时却令我的邻座有点尴尬。其实邵先生在一九八二年由美回台之前，早已成为圣母大学历史系的长聘副教授，而就任"新闻局长"之前，也已做过政大外交研究所所长与国际关系研究中心主任，当仁不让是一位著名学者。

在邵先生丰富的学术著作之余，这本《漂泊——中国人的新名字》只是一本薄薄的感性之作，其中有一半篇幅属于自传，所述分为前后两个时期。前期自五岁至九岁，叙述在抗战末年他如何跟随母亲，从故乡嫩江省*兰西县远去西安万里寻父，又如何在内战期间再随父母从沈阳辗转来台。后期自二十六岁至四十三岁，叙述他旅美的十七年间，如何在麻州与芝加哥求学，又如何在南卡罗来纳与印地安纳教书。邵先生把前后这两段经验都称为"漂泊"。

兰西县远在哈尔滨之西北，作者说那一带就是北大荒了。这名字空寂得令人不安，联想到古时所谓的"穷北"。"文革"期间，不知有多少知青下放来此。其实早在三百多年前，江南才子吴汉槎便因科场弊案远戍宁古塔，即今宁安县，亦属北大荒地区。不论叫它作"遣戍"或是"下放"，其为漂泊则一。

许多人漂泊到北大荒去，生长在北大荒的作者却因日本的侵占流亡他乡，成为《松花江上》那首流亡曲中真正的难民。在国破家亡的时代，漂泊，不仅是个人的遭遇，也成了民族的浩劫，因此作者的自传也成了历史的见证。

不过作者童年的漂泊，止于离乡背井，不但幸有父母照顾，且得国人普遍同情。相比之下，旅美的悠长岁月虽然不虞贫困，也无危险，但是漂泊之感却更深刻，也更复杂。如果说，漂泊的背景是江湖，则美国之为江湖对于作者更有双重的疏远（double alienation），一则因为人在异国，二则因为意识形态的分歧，在异国遇见的同胞往往形同陌路，甚或成为仇敌。内战而要演到外国去，也太令人伤心了吧。偏偏作者身在学府，读书人当然心有千窍，感慨自深；

如果专业是理工，倒也单纯，偏偏又是文科，还是最最敏感的外交与历史，所以承担国耻，最为椎心。一九七〇年初，邵先生与我都在美国，他在湖岸的芝加哥，我在山乡的丹佛。正当他与"左"派同胞争辩的高潮，我独自在山城却写了一首诗叫《江湖上》，末段如下：

> 一片大陆，算不算你的国？
> 一个岛，算不算你的家？
> 一眨眼，算不算少年？
> 一辈子，算不算永远？
> 答案啊答案
> 在茫茫的风里

此诗后经杨弦谱成歌曲，灌入唱片。今日回顾，恐怕统独两派都不以为然，不过我当日的心情确是如此，其为漂泊感正与邵先生同。在《漂》集中他自述在美国思先想后的彷徨："这是人生第一次我单独面对自己，开始探究'我'是谁？我从何处来？我往何处去？但这些只是个人的问题，我万万没想到不久连什么是'中国人'，也成了我的重要问题。"

邵先生对自己的漂泊既有如此深切的感受，更推己及人，对一切漂泊异国的华子夏孙莫不兼爱同情。《漂》集的另一半篇幅描写的正是这些飘零的花果：其中除了北岛之外，多属无名，正是天涯相逢，何必相识。

漂泊的反义词是回归。负面的漂泊只是逃避，正面的漂泊该是追寻。寻而有得，始为归宿。可是抱残守缺不是积极的归宿，推陈出新才是。邵先生认为台湾宣扬自己的"经济奇迹"于先，鼓吹近年的"政治奇迹"于后，固也言之有物，却不如强调文化来得卓越。他的结论是："唯有在文化上多植根、多着力，才是可大可久之计。"因此他在"新闻局长"任内，一直努力展示"文化中国"的新形象。为了要刷新唐人街脏乱、喧哗等守旧的形象，"新闻局"乃与"教育部"、"文建会"协调，计划在世界十大都市设立十座文化中心，期以现代化的设备，用藏书、展览、表演等等方式，不但服务当地的侨胞，更可进而向国际显示中华文化的传统与新机。

虽然这样的文化中心迄今只在纽约、巴黎与香港设了三座，而邵局长也早已回到学府，但是这样的高瞻远瞩，在台湾庸俗的政治文化中仍然值得推许。邵先生原来就是学者，不但出身人文，深谙历史，在芝加哥大学还选修了三〇年代文学，加以素来关心文艺，所以与文坛最为投缘。也难怪每次我们见面，他都要说到闻一多，而且企图说服我这位《梵谷传》的译者，说高敢（Paul Gauguin）更加伟大。

邵先生把"漂泊"称为"中国人的新名字"，武断而有诗意，颇能发人深思。其实中国历史悠久，地域广阔而又灾祸频频，漂泊的经验应该是很古老的了。只要展读《诗经》，征夫离人的感叹就不绝于耳。那些当然多是民歌，至于迁臣去国、诗人怀乡的嗟怨，也早发而为《离骚》。离骚也好，乡愁也好，本来就是人之常情，因而也是文学的一大主题。而除了地理空间的漂泊之外，若从宗教、哲学、文化等等的层次着眼，则内心的漂泊更应寻求精神的归宿。基督教以人生为漂泊，而以天国为归宿，所以但丁被逐，终身不得回到翡冷翠（Firenze），却在《神曲》之中找到归宿。如此说来，唐僧去西天取经，找到他的归宿，长征的八十一劫也无非是漂泊的考验。《西游记》在象征的意义上，该是中国最早的留学生文学了吧。不同的是，现代中国的留学生去现代的"西天"取现代的"经"，把纷纭的主义、不合水土的意识形态，生吞活剥地搬来中国，但是在精神上却仍在西方漂泊，迄无归宿。所以称漂泊为中国人的新名字，也无不妥。

另一方面，漂泊之为困境也不全是负数。人在江湖也罢，身在异国也罢，从边缘上观察主体，旁观者清，远观者全，反而更能自省。古人立身，以道为归宿。道在今日恐怕有点模糊。身为现代中国的读书人，面对混乱的政治、分歧的价值，真正可以寄托的东西，恐怕也只有悠久而深厚的中国文化了。主义有消长，政权有兴衰，唯文化始能垂之久远。也因此，凡是龙族文化的真正伟人，不论如何漂泊，都不会迷失自我。从屈原到贾谊，从韩柳到苏轼、苏辙，从王守仁到王夫之，不论是被贬或是自放，莫不坚持自我，不随流俗。二次大战期间，托马斯·曼流亡美国，对记者所说的"凡我所在，即为德国"，正是此意。

　　其实西方许多大师的事业都是因漂泊而完成。波兰的萧邦（Chopin）与康拉德，一为钢琴大师，一为小说巨匠，后半生都漂泊在海外。但是毕卡索（Picasso）大半生拒绝回国，而巴斯特纳克（Boris Pasternak）却拒绝出国，所以也不可一概而论。最要紧的不是身在何处，而是心存故国，功在家乡。中国人只要真正对得起自己，也对得起民族，就可以像托马斯·曼那样豪语："凡我所在，即为中国。"

　　漂泊不一定是憾事，终止漂泊也未必是幸福。漂泊的反义词，积极的是回归，消极的却是禁锢。

——一九九七年二月十二日

附 注

* 嫩江省：民国时期在东北设立的九省之一。——编者注

断然截稿

——序梅新遗著《履历表》

一

《履历表》是梅新的第四本诗集,却已是他的遗著。六十而殁的诗人,一生只得四本集子,实在不算多产。值得注意的是:他的前三本诗集《再生的树》《椅子》《家乡的女人》,平均每隔十年才出一本,令人想起英国现代诗人拉金一生的四本诗集也是如此[1]。不同的是:这本《履历表》和《家乡的女人》之间只隔了五年,足见梅新晚年不但诗艺加速成熟,诗评新辟天地,而且较前增产,冥冥之中,竟像是预感到时不我予。梅新一向用截稿日期催人交卷,而今,他却被另一个更武断的截稿日期逼出来这本遗稿。

二

梅新早期的诗,即以善写亲情、乡情遍受肯定。选入《中华现代文学大系:台湾,一九七○至一九八九》的《鸽子》《白杨》《板门店之二》《家乡的女人之一》四首,以及选入《新诗三百首》的《风景》《口信》两首,都是他的名作,论者已多。在主题上,这本《履历表》大致上仍然经营他的亲情与乡情,却加重了历史与文化背景。专写或涉及父母的作品,在《履历表》中占了七首,皆有可观。其中除了《子弹》一首是写父亲之外,其他都写母亲。《子弹》中瘸脚的父亲,身后火葬,捡骨师要剔出弹头,孝子认为弹、人早已合一,不分也罢。父痛、子痛、历史之痛,三者一体,其痛之深可想;诗人却用十分平静的低调来说,真是含蓄的杰作。梅新三岁丧母,十岁丧父,孤儿情结特深,发为蓼莪之叹也特别动人。在《壁纸》一首里,诗人恨不得把母亲抱他在怀的旧照,放大到墙壁一般大,好让母亲的笑容溢满一屋,孺慕之深令人感动。

写乡情的诗较少,而且和亲情、历史等主题常有重叠,难以纯粹,其实可以并入他类。倒是历史与文化背景的作品,分量很重,也多佳作,其中最出色的两首该是《长安大街事件》与《孔庙门前记事》。

《长安大街事件》写古都旧街令人怀古，千载之下犹充满历史的回声，恍觉英雄的马蹄犹在滴答。不说人在怀古而说是长安大街思念汉王过度，转一个弯，便有美感距离。至于行人讶问，长者解答，都说蹄声滴答入耳，似在梦中，又似在醒时，更增迷离之感。最后行人竟然幻觉，那长者的语调听来也像是马蹄滴答了。题目也取得好，如果不是"长安大街"而是什么"人民大街"或者"解放路"之类，就无法可施了。除了少数几行稍长，全诗多用四字以内的短句，也有助于蹄声匆匆之感。诗曰"事件"，其实全是无中生有，造境而成。既有动作，又有对话，更有蹄声滴答配音，简直是黑泽明的手法。主题、形式、语言，配得恰到好处，神而明之，此诗可谓梅新诗艺之极致。

《孔庙门前记事》既云记事，当然也是有事件的。不过诗的事件不是历史，也非小说，只要发生起码的一点什么，够做叙事、抒情，甚至议论的借口就行。例如在这首诗里，有了戏台（孔庙），又有演员（孔子与流浪汉）；有了演员，又有道具（吉他）；有了道具，更有配音（拍门、挂杖、踱步）。至于对话，虽然有问而无答，却别具深意。夫子久等的是颜回，不是弹吉他的流浪汉。儒家的文化无人承接，而流浪的现代人

却无家可归：一门之隔，怅望古今。这独幕短剧，情
节尽管简单，寓意却很深长。每次读到首段的末三行：

孔子轻拍着门问

外面躺的

可是许久不见的颜回

我都不禁要泫然流泪。这首诗给我的感受之深，十倍
于一场大规模的汉学会议。谁要是还说现代诗全盘西
化，吾将入孔庙借夫子之藤杖敲其头颅。

梅新在来台军中诗人里，年纪较小，但国难家变
之感不减其深，只是他的怀乡症比他人的潜伏期似乎
较长，所以到了临老更加发作。也因为如此，在这本
遗集中他有不少诗是在大我的历史背景上浮雕小我的
身世。这类诗的主题介于历史与自传之间，暗示与联
想极浓。《民国卅八年的事》是最动人的一例。那一年
大陆易帜，许多准诗人随军来台，梅新也在其列。诗
中人说他摘下手表，站在高不见人的柜台下，当给了
不知是谁。只当了二十块钱，所以是"贱当"；回头
去赎，已经赎不回当掉的时间，所以是"死当"。表当
然象征岁月。高大的柜台，隐身的掌柜，当为历史的
形象，可以影射政局与执政者，也可以形而上些，影

射命运与造物吧。然而这一切，诗人都以低调来诉说。梅新不愧是低调高手。

从《长安大街事件》到《孔庙门前记事》，再到《民国卅八年的事》，梅新的好诗总会无中生有，安排一些情节简单而象征深远的事件，让主题得以生动演出。缺少了这样的事件而要凌空地抒情或议论，就容易沦入琐碎、空洞、抽象。这样的事件当然是虚拟的：长安大街上不会有蹄声滴答，孔庙里也不会有夫子拄杖叹息，当铺的柜台更不会高不见人，但是虚设的故事反而更能实证主题，所以超现实的手法只要运用得法，反而更能逼视现实。例如《巨人的脚印》：

> 我做了一个非常非常可怕的噩梦
>
> 醒来的时候仍觉余悸犹存
>
> 我梦见一个似兽的巨人
>
> 一脚踩下来
>
> 将我踩成一个脚印
>
> 我在他的脚印里完全消失
>
> 而使我最不甘心的
>
> 是我连尖叫一声的机会都没有

这噩梦固然非常可怕，却不是乱做的，因为它生动地表现了我们被彻底消灭的恐惧感。至于那巨人究竟是什么，当然可以有不同的诠释来"解梦"。这样的事件比哥雅或布雷克[2]的画面更加骇人，可惜开头两行把惊骇效果"早泄"了，其实应该从第三行开头。所以梅新最好的诗，安排的事件是在虚实之间，而非纯然凭虚，例如《孔庙门前记事》。又例如早年的《白杨》：

> 不能飞
> 长高也是逃离尘世的方法之一
> 于是
> 你就拼命的长
> 长得比谁都高
> 你从别人
> 肩膀
> 头顶
> 望出去的
> 视野
> 广阔兼及别的星球

诗从拟人格修辞开始，出手已自不凡，却要到末行"广阔兼及别的星球"，才天启一闪，超凡入圣。实入而虚出，于是天地间唯有这白杨一树独高矣，而拟人格终

于修炼成人格。但是梅新的超现实手法往往是变相为
生命的真实服务；他很少为意象而经营意象，所以他
的诗也很少晦涩。他诗中的自传常以历史为背景，所
以常与他人的生命相通。主题诗《履历表》按照一般
的项目：籍贯、出生、学历、经历逐条填来，俨然是
一篇小小的自传，不料到了末段，填表人竟说：

　　　这份履历表

　　　我还没有贴照片

　　　你要也可以是你的

于是这份表不必是某一人的自传，竟可任由华夏子孙
人人认领了。

三

　　《履历表》诗集之中有《六○年代双城街的黄昏》
五首一列组诗，各有佳胜，亦可归入历史主题一类。
另有六首散文诗，多为自传。梅新的诗艺在题材上并
不广阔，在形式上也不算多般。他的诗篇幅本就短小，
加以常用短句，更显得浓缩。他自称写诗时常修改，

接近苦吟，可是我发现他着力的地方不在炼字、炼句，而在营篇。拆开来看，他的诗句未必动人，所以很难"摘句"，但是合而观之，张力却又充满整体，有秩序井然的结构之美。他的诗虽少警句，却多佳篇，比较罕见"有句无篇"的困境。逐句读来，他的语言似觉平淡，甚至接近散文，但是他善用错落有致的短句来安排明快的节奏，令人读来口感颇爽。例如《长安大街事件》里的一句话"此乃长安大街思念汉王过度所致"，原像旧小说的平淡语气。梅新把它排成这样的五行：

此乃

长安大街

思念汉王

思念过度

所致

便铿锵如诗了。长句如矛，短句如刀。梅新的超短句如镖，劲而且准，乃成独门暗器，另有取胜之方。

梅新的意象每能出奇制胜，于无诗处捉出诗来。例如《今年生肖属狗》便如此形容狗年逼人而来：

一路吠来

像追逐恶汉似的

愈吠愈大

愈吠愈凶

《说诗》的末段描写赠诗与人，受者读时的深刻
感应：

你一口咬起

它的第一行第一个字

左右晃动

像妇人缝衣

紧咬衣中线头

思念远方游人

诗句中每一个字

都留下你

深深的牙痕

这些高妙的意象不但紧贴生活，而且深于感情，比起
英美意象派的纯感性来，仍觉动人许多。

梅新的诗艺老而愈醇，十分难得。在现代诗的马
拉松长跑赛中，他背上的号码本来不算领先，但在接

近终点时他忽然加速超前，值得众人注目。另一位加速超前的选手，是向明。两人都不愧是大器晚成，老来俏。可惜梅新冲得太快了，不但破了他诗艺的终点线，也过了他生命的大限。幸而他有诗堪传，且必传之久远。

我这篇序言早在梅新生前就答应了他的。直到今天才交卷，实在迟了，迟得连作者都无缘亲睹，真是愧疚。若是他在病中能看到此文，想必会感到一些安慰。诗坛寂寞，古今皆然。与其在身后为诗人立碑，何若在生前为其作序，思之怃然。

——一九九七年十二月于西子湾

附　注

1. 拉金的四本诗集依次为 *The North Ship*（1945），*The less Deceived*（1955），*The Whitsun Weddings*（1964），*High Windows*（1974）。

2. 哥雅（Francisco Goya，1746—1828），西班牙画家；
   布雷克（William Blake，1757—1827），英国诗人兼画
   家；均以画风神奇怪异著称。

蟹酒居主饕餮客

——序庄因文集《飘泊的云》

去年底我曾有回川之行，在眉山市三苏祠的门口看到这么豪气的一副对联："一门父子三词客，千古文章四大家。"在文艺史上，一门三杰如沛郡的三曹、眉山的三苏，以其罕见，千古传为美谈，但是像北京庄府这样一门而有五杰，其家学之盛，在当代的文艺界，恐怕也是创纪录了。

庄家四兄弟之中，我最早认识的不是庄因，而是他的三弟庄喆：那是由于我和五月画会的因缘。隔了几年，我才认识庄因，那是因为他娶了夏家的女儿，成了林海音的快婿。至于他们的幺弟庄灵，也是稍后才认识的，而长兄庄申，则迄今只匆匆会过一面。庄氏四杰在文艺界多彩多姿的成就，用庄因自己在《飘泊的云》一文中的话，是"大哥钻研美术史，我投身文学及生活艺术，三弟浸染于纯艺术绘画的无尽溪河，而四弟在摄影的光彩中寻找人生的真髓"。

庄因把自己定位于"文学及生活艺术"。他的文学创作始于小说而转为散文，至于所谓"生活艺术"究何所指，他并未说明。庄因在《第三支笔》一文中自述小时受父亲熏陶，自然而然亲近毛笔，学起书画来，书法转益多师，画则私淑丰子恺。这书画二道，加上诗词，进可发表，退可自娱，够文人俯仰一生的了——也就是他所谓的"生活艺术"了吧。

尚严先生是著名的书法家，以瘦金体见称，又是诗人，著有《适斋诗草》。庄因的生活艺术显然来自家庭训，其实他前半生的经历，从安顺到重庆再到南京，然后渡海来台，先住台中，再迁台北，依循的也正是他父亲辛苦守护故宫文物的播迁轨迹。影响庄因一生至巨的，当然是他的"严父"。也因此，这本《飘泊的云》第一辑六篇散文，全是对父亲的追念。这父亲不是别人，而是（台北）故宫博物院的主管，中国数千年文物的守护人，也是传薪人，把中国文化的国宝像家宝一样传给了他们四兄弟。

整本《飘泊的云》五十二篇散文的基调，正是怀古、怀旧。这些文章诉说的不论是壮年怀友、海外怀乡，或是旧地重游，要皆是在怀旧。《飘泊的云》一文记小时常听父亲说："世间没有多少人有你们这样的福泽，可以几乎终日与中国几千年的文物艺术精品切磋。"故宫文物的背景既然足以培养少年庄因怀古的幽情，今日庄因的事事怀旧、处处守旧，而且对于老境逼人而来分外敏感，当然是其来有自。

在这些文章里，作者的自画像是一位诗酒风流、书画自遣、飘零海外的名士，虽然向往道家的豁达潇洒，却无法解脱浓厚的乡愁，地理的也是文化的无尽乡愁。在《年的影子》一文中，他神往于童年最感性的习俗："耶诞老人穿红，中国人过年也得有红。春联、蜡烛、鞭炮、装压岁钱的红信封套……尤其是鞭炮，有色有声，最不可少。"他最担心的是这些良风美俗终将淡出，"北京的中国人再过些日子，难保不会在年三十除夕夜吃汉堡包"。

典型的中国名士无不嘴馋，庄因正是如此。他把自己的加州寓所题为"蟹酒居"，一副老饕沾沾自喜的得色，馋相可掬。海外的中国人为解乡愁，形而上者不妨寄情于诗词书画，学名士之风流，形而下者最直接的快慰莫过于吃，餍饕餮之食欲。庄因既以蟹酒为居，腹中当然有馋虫蠕蠕，因此这本《飘泊的云》里，写朵颐之快的段落特别来劲。

吃在中国文化里，当然是极为生动的要目。在这方面，我必须坦承自己的文化修养浅薄得可以，甚至近乎崇洋，不但喝茶是喝"黑茶"（black tea），而且二十多年来的早餐，绝少例外，吃的全是牛奶泡玉米片。中国的山珍海味或是年节的应景糕点，我当然也食之津津，但要细品高下，详究渊源，更别提烹调之道，我就茫然了。因此读到唐鲁孙、逯耀东谈论食道的文章，我就会惶愧不安，倒不是艳羡他们的口福，而是佩服他们的内行。

庄因旅美逾三十年，但他的炎黄肠胃迄未归化，每次"进城"去旧金山，不外"是去唐人埠采办日用食品。举凡五花猪肉、时新菜蔬、皮蛋海鲜、生猛鳜鱼、细粉辣酱、瓜子花生（带壳的），每次拖带了折叠的采购推车去，都满载而归"。在《晒太阳记》一文中他又说："中国的萝卜拌海蜇皮、凉拌黄瓜、小葱拌豆腐……加上一点香油，若干盐和醋，真是味美可口，吾所欲也。"然后他花了两百字的篇幅详述美国人的生菜沙拉如何取材、如何调配，结论是这种洋味的凉拌黏糊不爽，"然则，滞番已久，也勉强品过了"。

最令我感到有趣的，是庄因这"假北京人"跟真北京人舒乙（老舍的公子），如何隔着偌大的太平洋，鱼来雁往，讨论年菜传统的式微。真北京人告诉对海的假北京人说："年菜也改良了，一不做那么多；二则偏重清淡可口的，大鱼大肉基本上免了；三则大聚餐转移饭馆了。我们家年三十只吃点素馅饺子和年糕。"假北京人一听，急得说："大鱼大肉免了，还像过年吗？咱们喜庆有余的说法又怎么表示？年夜饭只吃点素馅饺子，元宝（饺子）不是成了土块石子么？"

舒乙又在信上告诉庄因："我们只准备了几样传统年菜：老夫人操作芥菜墩儿，太太操作小酥鱼儿，我操作焖二冬——冬笋冬菇。此外，三人合作了果子干儿和腊八蒜。没有野鸡了，我本来想露一手野鸡丁炒酱瓜，那是一道年节名菜。免了，临时用鸡胸脯代替了。"

看到这两个真假北京人如此认真地一吁一叹，哀旧俗之不再，真觉得一对老饕又可爱又可哂。汉堡包篡了中国年菜的位，是中菜遗老们最难堪的"世变"。时代变得太快，许多旧俗相继无可奈何花落去，乃令海外的文化遗老们"生年不满百，长怀千岁馋"。其实庄因之馋正是对中国文化之饥渴，亦即喜剧化之乡愁。晋朝的张翰有感秋风之起，思念故乡的莼羹鲈脍，乃辞官归吴。我不知道他的辞官呈上有没有提到莼羹鲈脍，希望是有，因为那真是世界上最潇洒最动人的辞职书了。足见嘴馋是乡愁最明确的症状。

庄因在文章里念兹在兹，不是中国的吃，便是中国的诗词书画；旧地重游，追寻的也无非是故居、前尘。在《振衣千仞岗的时代》一文中，他最孺慕的也是那些蓝布大褂的老师宿儒。其实说来说去，万变不离的一大母题只是乡愁，地理的更是文化的乡愁。其源头，正是以父亲为导体，以故宫文物为传媒的华夏传统。

庄因的一大矛盾也在于此。他一再自称在美国的岁月是"栖迟"，其实他一半的日子都在海外，早已栖定，安于定居了。他和白先勇、庄信正等人的长年居美，乃是自我放逐，与他放不同。然则秋风年年，莼鲈飘香，馋嘴的游子何不命驾归吴呢？问题是：乡愁虽苦，却是文章情思之所源，一旦归吴，乡愁既解，写作的原动力也就消灭了。在美国"栖迟"下去，乡愁的压力固可长葆，但是过于感性、过于情绪化的乡愁也会导致题材的重复与狭窄，这正是所有滞美华人作家都面临的困境，庄因也不能免。

在《不了缘》一文中，庄因自述初写小说，后来"拣拾异域生活饾饤，改写散文"。其实这本《飘泊的云》里的文章，大半是在怀古忆旧，乡愁浓得化不开，即使写到眼前的生活，也拨不开千丝万缕的忆旧情结，所以真正描写居美现实的文章也只得《疗牙心得》《牙齿穿鞋》等少数几篇。由此看来,"生活饸饤"之言确乎不虚,但是"异域"却不多见,作者居美逾三十年,这么持续的丰富经验应可提供丰富的题材,若是背着这一座经验之矿,一味回顾少年的往事,就会陷入题穷语重的困局,演成"蜻蜓吃尾巴"的现象。所以如何开拓题材的新疆,应为散文家庄因的当前要务。也因此,这本《飘泊的云》主力所在,不是"异域生活的饸饤",而是谈吃的妙文,例如《鱼事记余》《珠玉在盘》,或是记人的佳作,例如描写父亲、岳母、吴鲁芹、郑清茂等几篇。

《飘泊的云》在写作岁月上前后几近二十年,而以九十年代的前半期所写较多,所以语言的风格颇不一致。不知是否作者有意改变文风,实验新体,其中有些文章似乎不如十多年前的名作《母亲的手》《午后冬阳》《衣履篇》等那么流畅自然。

此外还有一些细节或须再加斟酌。例如"中日抗战"一语书中数见,其实由中国的立场看来,那是抵抗侵略的战争,才叫"抗战",但是中日之间却是战争,不宜径称抗战吧。又如"每天接触的是山光月色,流水斜阳"一句,斜阳恐非日日可见,至于月色,则更有盈亏望朔,绝非夜夜当空;《十亿零一》中引《赤壁赋》之言,说"十世纪前的苏东坡觉得如此"。其实壬戌之年为西历一〇八二年，距作者写《十亿零一》的一九九三年，只得九百十一年，恐怕不能径称"十世纪前"。凡此种种细节，尚望再版时能加修正。

——一九九七年最后一日于西子湾

一枝紫荆伸向新世纪

——为"第二届香港文学节"而作

一

　　自从一九八五年九月离港迄今，已经将近十三个年头。在这多变的世纪末，十三年已经够世界变得面目全非的了。我离港时，王良和、陈德锦，甚至胡燕青，都还是青年诗人，但是近年看《香港文学》月刊，发现当年的青年诗人都已变成重要文学奖的评审，也就是说，渐渐成了"前浪"了。要是问我谁是"后浪"，一时之间只怕我也答不上来。因为在新出的刊物上零星阅读，印象不免凌乱，但是如果合而观之，例如放在井然有序的什么诗选里面，那后浪奔腾的来势，便澎湃可观了。去年由黄灿然、陈智德、刘伟成合编，

而由香江出版公司推出的选集《从本土出发——香港青年诗人十五家》，正好提供我们这样一座观潮台。

一位作家，甚至一篇作品若要传后，得先经过"万选"。当代的诗选，尤其是同人自编自选的一类，只是时光老人舍芜取菁的第一步，是否踏对，还得假以时日，看后继的选家是否也有共识。若是屡选屡中，就当真要传后了，否则，真成了"一时之选"。五〇年代美国名选诗家奥斯卡·威廉姆斯（Oscar Williams）为《英诗金库》编选增订本，把自己的诗纳入五首，简直和班江生等量齐观，又把女诗人金得妩（Gene Derwood）的诗纳入三首。可惜我后来见到的英美诗选，没有一本再选两人的诗，足见一时之选往往不是千古定论。

台湾的诗选比香港要多，也许太多了，有一些不免浮滥，成了"一时之选"。但是有一个传统却行之多年，就是由尔雅出版社主办的年度诗选，由资深诗人约七八位组成委员会，每年一度，票选前一年在各报章杂志发表的诗作，更在每篇诗后附一篇短评，由全体委员分担撰写。限于篇幅，每年入选的作者只能纳入一首诗，佳作难免会有遗珠，但是编选过程十分公正，就算是名家，该年若无佳作，也只好从缺。这制度，我倒愿意向香港文坛推荐。

二

《从本土出发》的三位编者之一黄灿然在序言里说明，这本诗选是为迄今尚未正式出版专集的青年诗人而编。迄未出书，定义很明确。至于青年与否，似乎就较难界定。黄灿然说："以二十多岁和三十多岁的诗人为主，但也兼顾了刘以正（饮江）这位四十多岁的诗人……"他在序末又说："这本诗选大部分青年诗人都是属于九十年代的。"

刘以正其实早入中年，他入选的九首诗，除《新填地》一首外都未系年，而《新填地》却写于一九八二。他如钟国强与钟晓阳入选之作，也大半成于八十年代。其实本书的十五位诗人，作品没有系年的多达五位，所以若要据以探讨香港社会或香港心情的变迁，恐怕不易。此外，据书中小传得知作者确实年龄的，也只有六位。当然，编这么一本选集，工作实在烦琐，资料不足，也难为无米之炊，不必苛责编者。但是对于史家与论者，这种不足确也造成不便。

书名既为《从本土出发》，其中作品却有许多并非写实，甚至与香港无关，编者也觉得须加说明。他说："诗集标题'从本土出发'，而不是'根植于本土'，正是基于……多样性的考虑。这'出发'，意思是立足于本土，写香港的现实；或站在香港，放眼整个国家民族以至世界；或以香港为基地，游离于各种思潮；或利用香港的特殊环境，进行语言的探索、身份的探索、生命与存在的探索。"

黄灿然更进一步，把入选的十五位诗人依其背景、题材、风格等等大致分为三类。第一类诗人写香港的生活或心情，风格比较写实，可称"本土型"，而以刘以正、樊善标、陈智德、钟国强为其主角。第二类诗人或成长于香港而在外地生活求学，例如游静、钟晓阳、陈智德、张少波；或成长于外地而求学于香港，例如杜家祁、林幸谦。因此他们都至少经验过两个世界，并不纯粹"本土"，可以归于"出发型"。第三类诗人则既不"本土"，也不"出发"，因为他们的主题不以现实的时空为坐标，所追求的只是心境，一种内在的现实，由语言构成，因此风格近乎超现实或者形而上。黄灿然举出小兜、小西、王敏、刘伟成为其代表。

身为写序人，黄灿然为了保持超然立场，避免自我定位，所以并未把自己归类。他生于闽南，十五岁（一九七八）迁居香港，二十五岁毕业于广州的暨南大学新闻系，现任《大公报》新闻翻译。他身在新闻界，不可能与"本土型"或"出发型"隔阂；同时又身为诗人，且译过许多西方诗，自己的风格更趋向超现实与形而上，所以又合乎第三类诗人。黄灿然在序中说杜家祁兼具三类诗人之长，其实这句话多少也适用于他自己。以经验的背景而言，他不但兼容闽粤，而且并包省港：这样的组合毕竟不同于上一代的叶维廉、戴天、黄国彬、梁秉钧了。

三

《从本土出发》里的作品，究竟有多少是以香港经验为主题的呢？换句话说，香港主题的诗在这本香港最新诗选里，究竟占了多少比重？相信这问题大家都感到关切。

如果采用黄序的三分法，答案似乎唾手可得，只要数一数"本土型"的四位诗人有多少首诗入选，就行了。实际上却又不尽如此。黄灿然在序末也说："事实上，上述三类诗人并非都是孤立地写某方面的题材，运用某方面的技巧，而是有交叉的。"不过，真要断定一首诗写的是否香港，却也难有定则，因为在有些诗里香港只是朦胧的背景，而在有些诗里却是严重的主题。"针对性"（relevancy）究竟要多强才算正写，若是不足，是否就四舍五入呢？例如樊善标的《怀旧：

香港一九九三》的几行：

> 沏一壶川宁，满满英国风
> 瓷器细白啊天气迷离
> 茶色玻璃窗外是秋天吗
> 女佣的裙裾巴格里尼的感伤

真有点老帝国时代美人迟暮的风韵，令人想起艾略特的少作《一女士之画像》。杜家祁的《在中环五星级酒店午餐》有这么一段：

> 大厦的倒影陷落在另座大厦反光玻璃内
> 折射中尖端的避雷针刺入其他大厦的
> 心脏
> 栋栋大厦用对角线互相顶撞
> 又以超现实的直线迅速往上蹿爬

这几何趣味直如现代抽象画。至于钟国强的《鲁平访港》首段：

> 姬鹏飞走了，鲁平又来
> 敏感的神经和问题又再被削尖

> 然而，尖锐得可以钻入保密的门缝
>
> 窥见桌面上，未来的一点一滴吗？

则又充满"九七焦虑"，直指香港过渡的问题了。不过
《从本土出发》里面，真正处理政治或社会问题，像这
首《鲁平访港》或张少波的《火愤》之类作品，毕竟
很少。"本土型"诗人歌咏感叹得最多的，还是香港的
加速变迁，一种怀古念旧的沧桑感，一种"人非物也
不是"的历史乡愁，刘以正最动人的几首诗写的正是
这种惘然的乡愁，加上深沉的孺慕，例如《静夜思——
寄父亲》里这几行：

> 多少个杏仁茶的夏夜
>
> 多少个芝麻糊的冬天
>
> 如今，我想学当年的大人
>
> 烫一壶酒
>
> 送一盅禾虫
>
> 但纵使有弄猴的老叟经过
>
> 或灯影里走来
>
> 推车送嫁前的白洋鼠
>
> 却哪里找得着捏面人
>
> 将那等光怪的人和事

诸般

搓捏

怀古的市井风情十分生动。他如《飞蚁临水》《惊发》《玄奥》等作，于孺慕忆旧之中更加上诗末虚实相生的魔幻手法，特别有一种温馨的哀愁。尤其是《飞蚁临水》一首，把寻常人家在风雨前夕布置孤灯盆水、溺杀飞蚁的景象，写得神奇而幻美，偏偏语言又如此单纯、干净，真是一篇杰作。樊善标的《走过爸爸的旧店》满是今昔的对照，记忆里的中药铺，细节历历，犹在目前：

> ……只有算盘劈劈啪啪
>
> 杵臼橐橐当当不在
>
> 提子干、蜜枣、无花果的
>
> 甜腻，玻璃柜内人参和海马
>
> 的干骸不在，墙上井然的
>
> 抽屉、抽屉里所有的药，以及
>
> 拉抽屉那人的壮年都不在
>
> 走过爸爸的旧店
>
> 原来我的童年早已不在

黄灿然把樊善标和刘以正相比，认为樊善标和父亲之间有疏离感，因此和刘以正之间也如此。这话似乎说重了一点。樊善标诗中的父子情显然不及刘以正诗中温馨，这差别，从樊的《八月十六》及《时态》等诗中也可以窥识一二；但是在《走过爸爸的旧店》里，儿子对爸爸仍然是有些怅念的，否则对药铺的回忆不致如此细节分明。

经过两遍细读，我发现本土的关怀或描写并不限于刘以正、樊善标、陈智德、钟国强等所谓"本土型"的作者，也见于王敏、杜家祁、游静等的作品，不同的只是乡情的深浅、描写的详略而已。从宽解释，《从本土出发》里的一百三十八首诗，写到香港的在二十八首左右，约占五分之一。如今香港既已回归，则描写中国大陆的诗在广义上也可属于本土；若将林幸谦、张少波、黄灿然、游静等的此类诗篇也加上去，本土诗的比重当会更高。

我认为这样的比重也已经够了。本乡本土的主题原就不应过分强调，尤其不必跟爱国爱乡之类强画等号。作家可以爱乡爱国，但他取材或贡献的范围不必局限于一乡一国。苏轼的名著，无论是诗词或文章，大半不取材于巴蜀，梵高的名画，例如向日葵、果园、麦田，也不是取材于荷兰。

四

除了本土题材之外，香港青年诗人的表现也多彩多姿，值得一赏。限于时间与篇幅，在此只能略做抽样，不能尽兴全面赏析。

被黄灿然划入非写实的第三类作者之中，刘伟成确是功力最深厚、结构最严谨、语言最沉着的一位。他善于经营五十行以上一气贯串到底的长诗：其诗长而且大，有一种累积的分量，不像有些人的诗长而不大，或大而无当。在诗体上，他的连绵长篇虽不押韵，却相当约束句法，所以有点像西方的"无韵体"（blank verse），适合潜思冥想，探讨形而上的境界。《茶色玻璃》《围墙上的玻璃碎片》《沙滩上的玻璃碎片》《钢线玻璃》一组四首，从玻璃的体质到本质，从形而下的存在到形而上的意义，无中生有，翻空出奇，创造出现代诗新的秩序，是不可多得的立体组诗。

黄灿然誉为出入三界的杜家祁，显然也富于创造的潜力，目前的风格也已成熟。《女巫之歌》与《空屋》同为上品，而风格互异。《女巫之歌》独来独往，有一种孤绝自放的凄美，令人想到也是自我放逐的嫦娥，但是诗中的女巫却是一个无月可奔的黑纱素娥。"流星陨落像我零碎的笑声"，真是巫思入神。诗末的七行：

田园开垦了又再荒芜

城市烧毁了又再重建

铜像竖起了又再倒下

亿兆光年后，我回望地球

地球将是一颗星

地球望我

我亦将是一颗星

有科幻片剧终镜头拉远的感觉。《空屋》描写人去屋空、
人归屋满的对比，把拟人的屋子写活了。这首诗探讨
存在与感觉的关系，每一细节都生动而可信，同时又
予人着魔的幻觉。

　　张少波的诗干净、硬朗，言之有物而又要言不烦，
对中国的命运有深切关怀。像《无聊》这样的小品，
最能表现他精悍简洁的笔触：

关上窗门

雷暴是外面的了

湿是外面的了

你的容颜也是外面的了

而啤酒花生是不耐磨的

好像鼠齿，无聊长了

　　　　总得找一两件坚硬的往事

　　　　啃啃，以便消磨

《为了一些失去自由的人》写的正是作者的中国结，诗
末更向龚自珍取典：

　　　　得好好浇溉啊，这么多年了

　　　　井边那棵病梅

　　　　你们离去那年便枯萎了的，那棵

　　黄灿然自己的作品显然颇受他译诗经验的影响，
有一点翻译体的风味，每每能在现实与想象之间发掘
诗意。他的诗体常采西方诗的格律，尤其是"四行体"
（quatrain），有时尚且押韵，所以颇能控制句法与节
奏。他的题目取得很有诗意，甚至就是一行叠句，例
如《我要包容的事物岂止这么多》和《总会有一些东
西时时向你告别》，就令人联想到西方十四行诗的首
句，或是狄伦·汤默斯（Dylan Thomas）的诗题。《夏
天的下午》只有八行，但是感性十分饱满，灿明之中
带点虚幻，像一幅莫奈的风景。

　　钟晓阳以小说成名，但近年似乎写诗较多。她的
诗笔触轻倩，语言畅明，多以爱情为主题。其情则铭

心刻骨，生死以之，自传性相当流露，并不讲求含蓄
之道。这样的情诗真是千古伤心人语，虽然诗艺尚欠
圆融，白描多于象征，但是诗心一片天真，纯情怨而
不悔，读之反而更令人动容。近年受到女性身体自主
观念的影响，台湾的情诗早已欲多于情，短兵肉搏多
于两地相思，甚至女诗人自己动笔更不"留情"，赤裸
可观。在这样的欲潮滚滚之下，我反而觉得钟晓阳的
情诗纯真可贵。《出门》里有这么几句：

报章上我的消息如轻雷
轰轰然带来满楼的风雨欲侵
许多人因为我而知道你
那多笔画的方块字
姓我的姓，名我的名
钟你情愫，晓你意思
阳关你的长亭短亭

《成家》的末段，悲情绵绵，更是不能自已：

分散后我不复想成家的事
有人问起
我就说你已经死了——

但我私心忡忡，天长地久

犹自想着，见你一面

　　这本《从本土出发》的青年诗人选集，编选得相当认真，序言也颇有见解，所选作品自然高下有别，但是主题多元、风格多般，其中最出色的佳作甚或杰作，置之今日台湾或大陆的诗选之中，也不应有何愧色。

　　　　　　　　——一九九八年五月于高雄西子湾

龚自珍与雪莱

罂粟篇

近日港人聚谈，无不前瞻九七，却少回顾四二。但是没有一八四二，也就不会有一九九七。而一提到一八四二年的《南京条约》，自然会联想到未捷的英雄林则徐。道光十八年（一八三八）十一月，林则徐以钦差大臣的身份来广东查禁鸦片，他的宣南诗社文友龚自珍在《送钦差大臣侯官林公序》里，提出了禁烟、抗英，与保密的建议。次年六月，英国为了林则徐销毁鸦片两万多箱而要动武，龚又向林提出御敌之策，却因故未能投寄。他在《己亥杂诗》中慨叹此事说："故人横海拜将军，侧立南天未蕆勋。我有阴符三百字，蜡丸难寄惜雄文。"前两句是说，林则徐出任钦差大臣，禁烟尚未成功；后两句是说，我有应敌的用兵之策，可惜这密件寄不到他的手里。龚自珍，是鸦片战争前夕最激昂慷慨的诗人，可惜不久他竟因暴病去世：那年正是一八四一。诗人死于八月十二，其时鸦片战争正当剧烈。

依中国算法，龚自珍死于五十岁，他生于乾隆五十七年（一七九二）；同一年另一位大诗人生于英国，就是雪莱。雪莱生于阳历八月四日；自珍生于阴历七月初五，据说与郑玄同日，合该年阳历八月二十二日。所以依西历计，雪莱与自珍生于同年同月，雪莱只早生十八天。

直到十九世纪末年，熟悉印度的英国诗人吉普林（Rudyard Kipling）还说："东是东，西是西，东西终古不相期。"[1]自珍和雪莱虽然生于同年同月，却一东一西，互不相闻，更不可能互相影响。但是间接的关系未必没有。那关系，正是鸦片。

先说龚自珍这一边。中英之间的贸易，在十八世纪末期中国还是出超，输入英国的主要是芬芳而有益的茶叶；到了十九世纪初年，正是自珍二十岁以后，中国已转为入超，东印度公司从印度直接或间接输入中国的，主要是芬芳而有毒的鸦片。其结果是人民的

125

身体受害，国家的白银外流，中国蒙受了双重的损失。一时上至王公大臣，下至僧尼兵弁，普遍吸食鸦片，气得林则徐说是"谋财害命"。一直到二十世纪后期，英国还有所谓史学家为他贩毒的祖先洗刷，说什么"当时英国人并未向心有不甘的中国政府强售鸦片，也未存心要害顾客……在普通人看来，这种习惯并不为害社会，所以（中国的）舆论也不肯加以指责。"[2]这简直是公然说谎，不下于日本教科书把"侵略"淡化为"进出"。且看龚自珍怎么说：

> 汉世五行家，以食妖服妖占天下之变。鸦片烟则食妖也，其人病魂魄，逆昼夜，其食者宜缳首诛。贩者造者宜刭脰诛。兵丁食宜刭脰诛。此决定义，更无疑义[3]。

自珍对鸦片为害之深，痛心疾首。在同一文中，他再三要林则徐厉行禁烟，对于企图来阻挠的儒生、关吏、书生等等不假辞色。他说：

> 送难者，皆天下黠猾游说而貌为老成迂拙者也。粤省僚吏中有之，幕客中有之，游客中有之，商估中有之，恐绅士中未必无之，

宜杀一儆百。公此行此心，为若辈所动，游
移万一，此千载之一时，事机一跌，不敢言
之矣！

这是道光十八年（一八三八）底的事。到第二年，自
珍又在《己亥杂诗》里讽刺当时的幕僚吸食鸦片：

津梁条约遍南东，谁遣藏春深坞逢？
不枉人呼莲幕客，碧纱橱护阿芙蓉。

鬼灯队队散秋萤，落魄参军泪眼荧。
何不专城花县去，春眠寒食未曾醒。

此时鸦片战争尚未开始，但中英之间的情势已日趋恶
化。第三年六月，英军侵占定海，为期两年的鸦片战
争即告开端。当年十一月，自珍在《与人笺》中已经
表示绝望：

今之中国，以九重天子之尊，三令五申，
公卿以下，舌敝唇焦，于今数年，欲使民不
吸鸦片烟，而民弗许。此奴仆踞家长，子孙
箠祖父之世宙也。即使英吉利不侵不叛，望

风纳款，中国尚且可耻而可忧。愿执事且无
图英吉利。

英国人所营的东印度公司取得印度鸦片专卖权，是在
一七七三年，从此便奖励栽种，统制运销。一七九六
年，中国禁卖鸦片，东印度公司不再自运，转委之
于所谓港脚商人，进口有增无减。到了雪莱逝世之年
（一八二二），鸦片入口每年平均九千余箱。到林则徐南
下禁烟之年，已经增至四万箱：鸦片贸易已占英国对
华输出总额一半以上，印度政府岁入十分之一赖此[4]。
林则徐为此两拟谕英王檄，希望诉诸维多利亚女皇的
良知，而约束英人，使其不再种鸦片于印度，销鸦片
于中国，林则徐说：

　　中国所行于外国者，无一非利人之物，
利于食，利于用，并利于转卖，皆利也。中
国曾有一物为害外国否？况如茶叶大黄，外
国所不可一日无也，中国若勒其利而不恤
其害，则夷人何以为生？又外国之呢羽哗
叽，非得中国丝斤不能成织，若中国亦勒其
利，夷人何利可图？其余食物自糖料姜桂而
外，用物自绸缎磁器而外，外国所必需者曷

128

可胜数……向闻贵国王存心仁厚，自不肯以己所不欲者，施之于人……贵国王所都之兰顿（London）及斯葛兰（Scotland）爱伦（Ireland）等处，本皆不产鸦片；惟所辖印度地方如孟阿拉（Bengal）、曼达拉萨（Madras）、孟买（Bombay）数处，连山栽种，开地制造，累月经年，以厚其毒，臭秽上达，天怒神恫。贵国王能于此等处拔尽根株，尽锄其地，改种五谷，有敢再种鸦片者，重治其罪，此真兴利除害之大仁政，天所佑而神所福，延年寿，长子孙，必在此举矣。[5]

在修正的檄谕稿中，林则徐又对女皇说：

今与贵国王约，将此害人之鸦片永远断绝：我内地禁人吸食，贵属国禁人制造。其从前已经制造者，贵国王须即令其搜尽，投之海底，断不许天地间有此种毒物……即贵国人民，既有造作，安知其不吸食？并令造作而禁之，则贵国亦不受其害，岂不各享太平之福？[6]

林则徐理直气壮，但是英国人为了商业的利益，听不进去。早在一八三〇年，英国下议院的机密委员会在报告书中就指出："东印度公司在孟加拉具有鸦片专卖权，放弃如此重要之税收来源，似乎不智。"[7]一八三八年五月，就在林则徐任钦差大臣之前半年，老谋深算的威灵顿公爵宣称，对于运销鸦片一事，国会非但无意反对，而且加以保护，推广，促进。[8]英国人能在国内做绅士，是由于他们同时在海外做盗贼。东印度公司大概是有史以来最庞大的贩毒集团了。西方列强绝对想不到，一百年后，就轮到他们自己的子孙沉溺于吸毒吧。

而其实，就在英国以鸦片谋利的当年，就在浪漫主义的高潮，英国人自己也不见得全然免于阿芙蓉之劫。

散文大家德·昆西（Thomas De Quincey, 1785—1859）从十九岁起，就因为脸部风湿的神经痛，依从医生的处方，开始服用鸦片酊。后来病痛恶化，不但药量加重，服用也更频，兼以穷愁潦倒，以此自遣，乃染上阿芙蓉癖。从三十二岁起，终德·昆西一生，都未能戒绝毒习。时人病其耽毒，德·昆西则以无鸦片刺激就不能动笔自辩。连欣赏他文笔的波德莱尔，也不以为然。德·昆西在深陷毒瘾时尝尽沉沦之苦，而要减量力戒时更为难受，可是他的名著《一个英国食鸦片人的自白》（*Confessions of an English Opium-Eater*）正得自这种苦楚引发的恶魔怪梦。且看书中的一段自述：

> 我似乎夜夜都陷进深穴和暗无天日的黑坑，一层低于一层，似乎永无希望回升……然后忽起惊扰，来回急窜，无数亡命之徒惶惶而逃……然后，在深感一切都已沉沦之余，出现了女体；那种面容使我觉得愿意为它牺牲一切；可是只得片刻时机——两手紧握，伤心离别，然后呢——就永诀了！

这暗无天日的深渊，令人联想到诗人柯立基的名诗《忽必烈汗》（*Kubla Khan*）中相近的梦境，因为诗里也有深洞、巨隙，还有两个女人。柯立基在该诗的小引中说明梦境的由来：

> 一七九七年夏天，作者因身体不适，隐居于波洛克与林登之间的一座僻远农舍，其地在沙、德两郡的艾克思漠荒原。因感微恙，遵医嘱服止痛药，药力所及，倚椅沉沉入睡，

时正展读《伯佳司游记》，有句略如下文：
"忽必烈诏命在此建宫，宏其园囿。于是沃野
十里，尽入宫墙。"作者熟睡历三句钟，至少
外在感觉如此；梦中栩栩然，自信赋诗不下
二三百行；当时意象纷呈目前，均为实物，
符合之词亦相应而生，略无力求之感，不知
如此果为作诗否。既觉，梦中诸象似仍历历
可忆，径取笔墨纸张，手快意饱，录写成句
如下。

可惜才录得五十四行，有客来访，历一时许始去。诗
人回室欲续其篇，竟已记忆淡远，难以为继了。其实，
小引中所谓的"止痛药"，正是鸦片酊，分量虽轻，引
发幻觉的药力却不弱[9]。不过柯立基服食鸦片，往往苦
多于乐，不是每回都能收获到这种奇梦妙诗。柯立基
一生苦于病痛，剧烈的时候会"倒地扭挣如虫"。当
时的治疗成规，就是叫病人服鸦片止痛。柯立基在
二十八岁时就因风湿服食过量，习之成瘾，却惊觉毒
瘾之苦胜于原来的病痛。三十岁时所作的《落魄吟》
（*Dejection：An Ode*），正是惋惜健康、幸福、诗兴之
消逝。他去地中海上的马耳他岛住了两年，企求康复，
但重回英国时仍深陷毒癖而不能拔，悔恨交侵，常自

绝望内疚的噩梦中嘶叫醒来。

鸦片在医药上既有止痛及安眠的治标功效，十九世纪时它在英国也就成了惯用的镇静剂或麻醉剂。济慈做过外科医生的学徒，后来更取得药剂师的资格，对于鸦片的作用当然明白。他在诗中几度提到鸦片催眠之功，不为无因[10]。拜伦也曾服用。直到十九世纪中叶，还可以举出诗人罗塞蒂的妻子服鸦片逾量而天亡的例子。

雪莱多愁善感，短短的一生屡遭挫折，很容易托庇于阿芙蓉的暗邃之乡。根据他的好友诗人兼小说家皮考克的追述，他与前妻海丽雅疏远而爱上（不久成为后妻的）玛丽之际，一眼睛充血，头发和衣服都凌乱不整。他抓起一瓶鸦片酊，说道："我离不了这东西。"[11] 法国作家莫洛亚在他的《雪莱传》里，也说在此之前雪莱已服过鸦片，只是此时分量加重[12]。就在此时，雪莱有一天冲进玛丽家，把一瓶鸦片酊塞在玛丽手中，说她服后，即可解脱家庭的压迫。

更可惊的，是雪莱并不以鸦片的止痛功效为满足。他在溺海而死之前一个多月，写了一封信给崔罗尼，提出如下的请求：

懂医药的人会调制氢氰酸，也就是苦杏

油精（Prussic Acid, or essential oil of bitter almonds），如果你遇见这种人，为我购得少许，我当十分感激。调制这东西要十分仔细，务必求其精纯；再高的价钱我也肯出；你该记得那天晚上我们谈到这件事，你我都表示有意购备；我是真的有意，为了解除不必要的受苦。我无须向你说明，目前我不准备自杀，可是我得坦承，手头握有开启长眠之室的金钥匙，对我总是快慰的事。氢氰酸用于医疗时，分量极其轻微，药剂力弱，纯度不足以尽除百痛。只要一滴，甚或不足一滴，已成一剂，药力一发，就令人麻痹。[13]

皮考克对这封信的按语是："我相信，一直到现在，雪莱每次旅行，一定带手枪自卫，并带鸦片酊以解剧痛。他身多病痛，常发而且不轻；他写这封信，是恐怕一旦病重不治，难以忍受时，能经常自备解痛之方。"[14]

　　雪莱虽然服鸦片，对于印度却所知不多，对于东印度公司种销鸦片的事，更似乎一无所知。其实他周围的朋友之中，有许多位都久居印度，甚至为东印度公司工作。前述的崔罗尼就在印度长大，见闻过人，曾笑拜伦游踪不出地中海岸。雪莱在意大利经常往还的三个人，是他的表兄梅德文，他的伊顿校友威廉姆斯，和威廉姆斯太太简茵。当时，这三个人也都是刚由印度回到欧洲。威廉姆斯先投效海军，后来转入陆军，派去印度第八骑兵防卫队。这时回欧，他和梅德文都以中尉官阶退役，仍领半薪。按一八五八年以前驻防印度的英军，实际上是守卫东印度公司的领地与厂房，分驻孟加拉、孟买、马德拉斯三区，等于东印度公司的佣兵。我相信，威廉姆斯等人对于自己公司鸦片输华的大宗贸易，理应知悉，甚至也许对雪莱讲过。

至于雪莱早年的文友皮考克，早在一八一九年也就是雪莱殁前三年，已经任职于东印度公司；后来地位日趋重要，更于一八三六年至一八五六年间担任公司的通讯总监。

雪莱对印度所知既少，对中国当更隔膜。他的文化所寄，理想所托，全在希腊。在诗剧《希腊》(*Hellas*)的序言里他说："我们都是希腊人。我们的法律、文学、宗教、艺术都植根于希腊。如果没有希腊，则启发、征服、领导我们祖先的罗马，武力所及，也就无以传播文明，而我们也许都尚未开化，仍在崇拜偶像；也许早就像中国和日本一样，社会制度已陷于僵化可悲之境了，那就更加不堪。"

雪莱在赞美希腊之余，对于中国的了解显然不足，评价也低。雪莱在写《希腊》时（一八二一），诚然英国国势日盛，而中国日衰，但中国处境之所以"可悲"，与东印度公司的鸦片生意颇有关系。中西的正常贸易，本来中国出超，但到了雪莱在世的最后十年，很快就转为入超了，关系全在鸦片。其结果是白银外流，换来有毒的黑土。雪莱和拜伦临终前念念不忘的，是欧洲文化的圣地希腊犹在土耳其人的高压统治之下，有待解放。其实当时中国被役于满清，处境亦复相近。

　　由于地理阻隔，文化迥异，雪莱的世界观当然不免有蔽[15]。龚自珍这一边呢，对于英国也所知有限。自珍降世后一个多月，英国才正式遣派马戛尔尼出使来中国；翌年他在热河觐见乾隆，还为了不甘磕头引起纠纷。马戛尔尼之来，是为了洽谈两国商务，清廷却认为是来进贡。在当时公文的汉译里，Great Britain有时是"英吉利国大红毛"，有时却成了"牙兰地密屯"，而乔治三世则为"热沃尔日第三"[16]。

　　龚自珍在当日的读书人里，危机意识最高，不但关心天下大事，而且注意海陆边防，尤其致力于蒙古及新疆的地理。他最闻名的两篇论边务的文章，是《西域置行省议》和《东南罢番舶议》。后面的一篇不幸佚失，大意是忧帝国主义对沿海各地的经济侵略，会用鸦片及奢侈货品换去白银。前面的一篇建议把华北及江北的人移徙西北，去开发守边；其中经济及国防的卓越先见，后来大半得以实施，极受李鸿章的推崇。

此外龚定庵论述西北边情的文章还有很多，例如《上国史馆总裁提调总纂书》一文中，论回教与耶稣教之异，就十分有趣。自珍的学问博而杂，在当时固然远非时辈所及，但是他的世界观，拿来应付西方列强的处心积虑，仍嫌不足。在《拟进上蒙古图志表文》里，他把俄罗斯径称为北方属国，便不适当。至于《东南罢番舶议》要拒所谓夷船于港外，所见也未免消极而狭隘，张维屏即已指出[17]。自珍有一首七绝说：

九边烂熟等雕虫，远志真看小草同。

枉说健儿身手在，青灯夜雪阻山东。

诗很慷慨沉郁。九边，原指从辽东到甘肃的九个边防重镇。九边烂熟，就是深谙边情的意思。但是到了鸦片战争前夕，中国的海波上已满是各色旌旗的番舶；华夏，不再仅仅是一个亚洲古国了。龚自珍对"西夷"实在并无多少认识[18]。直到他逝世那年，在英舰耀武扬威的炮声中，才有汪文泰所撰的《红毛番嘆咭唎考略》等文问世。第二年，在南京条约签订之后四个多月，魏源在林则徐启发下所撰的《海国图志》才刊于扬州，而在台湾道任内退过英军的姚莹，才撰出较具规模的《英吉利图志》。龚自珍，正如他自己的诗句所说，真是"但开风气不为师"了。

附　注

1．Rudyard Kipling，*The Ballad of East and West.*

2．John Bowle，*The Imperial Achievement*（Pelican，1974）p.343. 引文后半乃转引自 C.P.Fitzgerald，*China, a Cultural History*（London，1954）p.565.

3．见龚自珍《送钦差大臣侯官林公序》。

4．见郭廷以《近代中国史纲》（中文大学出版社，一九八〇）页51。

5．见《林文忠公政书》乙集卷三。

6．见李圭《鸦片事略》卷上，页41至43。

7．Immanuel C.Y.Hsü，*The Rise of Modern China*（Oxford，1970）p.219.

8. Hsin-pao Chang, *Commissioner Lin and the Opium War* (Cambridge, Mass.1946) p.48.

9. 柯立基在《忽必烈汗》手稿上自注说，此诗写于一七九七年秋天，当时因患痢疾，乃服了两喱鸦片（two grains of opium）。按一喱为一磅之七千分之一。

10. 见济慈名诗《夜莺曲》(*Ode to a Nightingale*) 及十四行诗《致睡眠》(*To Sleep*)。

11. *The Life of Shelley* (J.M.Dent & Sons, 1933) Vol.II, p.336. 皮考克原书名为 *Peacock's Memoirs of Shelley* 所谓"鸦片酊"（laudanum）乃鸦片之溶于酒者。

12. André Maurois, *Ariel, the Life of Shelley* (Frederick Ungar, 1924) p.155. 同书209页记述玛丽的异母姐姐芬妮（Fanny Imlay）因暗恋雪莱，绝望自杀，所宿旅舍的桌上留下一瓶鸦片酊。凡此皆可旁证，在龚自珍的时代，鸦片在英国为害之大，虽不若其在中国，却也及于不少金童玉女。

13. Shelley's Letter to E.J.Trelawny on June 18, 1822. See *The Life of Shelley*, Vol.II, p.209.

14. Ibid.II, p.336。

15.《希腊》的倒数第二段尚有这么四行：

Saturn and Love their long repose

Shall burst, more bright and good

Than all who fell, than One who rose,

Than many unsubdued:

雪莱自注说:"All those who fell," or the Gods of Greece, Asia, and Egypt; "than One who rose," or Jesus Christ, at whose appearance the idols of the Pagan World were amerced of their worship; and "the many unsubdued"(未驯之多数), or the monstrous objects of the idolatry of China, India, the Antarctic islands, and the native tribes of America……由此可见雪莱是把中国当作"蛮族"看待的。

16. 见郭廷以《近代中国史》页224。

17. 张维屏《听松庐诗话》五云:"定庵为文,动辄数千言,姑即一篇论之。其文曰'东南罢番舶议'。试思番舶之来,数百年矣,近年其来愈速,其风愈横,谁能罢之?是断不能行主事,而定庵乃以为得意之文,则谬矣。"

18. 龚自珍自负颇高,而对当时常州的人才却十分推崇,甚至注意到常州的数学家。他的长诗《常州高材篇·送丁若士》里,有句云"近今算学乃大盛,泰西客到攻如仇"。第二句是说对于西方输入的数学也拼命研究,势如攻敌。

声名篇

苏曼殊曾以拜伦比李白的仙才，以雪莱比李贺的鬼才。这比拟当然不妥，难怪见讥于钱锺书。近人论中西文学，无论是否循比较文学的正规，常喜同类相比，例如以华兹华斯比陶潜。这样的类比海阔天空，却有一个问题，那就是华兹华斯比陶潜晚了一千四百年，时代不同，环境迥异：陶潜的时代没有工业革命与法国革命。我在类比之外，有意加上时代相同的条件，试看中西两位诗人，至少在一个相同的条件之下，其作品呈现了怎样的异同；而这些异同，除了取决于个别的才情气质以外，有多少能追溯到各自的文化传统。

龚自珍生于书香仕宦之家：伯祖父龚敬身官至云南迤南兵备道，著有《桂隐山房遗稿》；父龚丽正官至苏松太兵备道，著有《国语补注》；母亲段驯是女诗人，著有《绿华吟榭诗草》，定庵小时习诵吴梅村诗，即由其母口授。但对他影响最大的，是外祖父古文家段玉裁，不但在他十二岁时授他许氏说文部目，而且赐字曰"爱吾"[1]，后来并且把孙女嫁给他。

雪莱的先人是英国南部萨塞克斯郡的贵族，却无书香气息。他的祖父比希（Bysshe Shelley）先后娶了两个富家女，成为霍山的首富。他的父亲也娶了郡里的名门闺秀，捐得了从男爵位。雪莱是长子，也是爵位的继承人。他的父亲对他并不严峻，反而处处尽量迁就，有时近于纵容。他的母亲据说仪容华贵，为人宽厚，写的信颇有文理，但是对他的影响不大。[2] 显然，雪莱的家庭虽然提供他当日最好的教育，伊顿与牛津，和一生经济的支持，可是对他之为诗人却无多大关系。

雪莱天真纯情，又耽于理想，昧于世故，有心无意之间，往往误己误人，一生充满悲剧。在生活上，先是因言论不经被牛津大学开除，继而因行为不轨被摒于英国的社会；前妻溺死河中，少女芬妮为他自杀；前妻所出的两个孩子，法院因为他是无神论者，判他不得抚养，而后妻所出的长子长女不出一年相继夭亡。在文坛上，他一生默默无闻，读者寥寥，知音渺渺，只有像李衡（Leigh Hunt, 1784—1859）这样的批评家给他鼓励。周围的朋友真能欣赏他天才的，屈指可数，而且多为女性。济慈对他的诗也不尽满意，曾在信中劝他"收敛起高贵的情怀，尽量做一个艺术家，而且把你诗题的'每一处石隙都填满'金砂[3]"。雪莱末年与拜伦交往最密。当时拜伦早已名满天下，崔罗尼问他为何不在诗中为雪莱美言几句。拜伦却说誉之无益，"只要他把自己惑人的玄学之壳蜕去，又何需他人来吹嘘"，始终不肯在笔下赞他一句[4]。

雪莱之志在做诗人，却不汲汲于早扬浮名。他和唯美的济慈不同：他写诗，是为了把自己革命的思想播于天下，去唤醒世人。所以他要西风把他吹成一座竖风琴，又要向云雀学习唱歌，让举世仰听。龚自珍的情形恰恰相反：他虽然失意于科场与仕途，诗文在生前却早享盛誉，与魏源并称。这一点他颇有自知，也相当自豪，曾在诗中自称"少年尊隐有高文"，又说"少作精严故不磨"。《己亥杂诗》一七八首说得更妙：

> 儿谈梵夹婢谈兵，消息都防父老惊。
>
> 赖是摇鞭吟好句，流传乡里只诗名。

诗末还自注说："到家之日，早有传诵予出都留别诗者，时有'诗先人到'之谣。"也可见作者如何得意了。"儿谈梵夹婢谈兵"，足见做父亲和主人的如何学贯儒释、才兼文武，这气派，比起雪莱和拜伦的比萨雅集（*The Pisan Circle*）来，又是一番风味了。

定庵的失意在科举不能脱颖而出，三十八岁参加朝考，作《安边绥远疏》，问卷诸公皆惊其才，却因楷法不中程，不列优等。他憔悴京华，官不过内阁中书、礼部主事，正如他诗中所叹："苍茫六合此微官"。

他做官的目的原在澄清天下。在《上大学士书》中他这么说："……有是非则必有感慨激奋。感慨激奋而居上位，有其力，则所是者依，所非者去。感慨激奋而居下位，无其力，则探吾之是非而昌昌大言之。"[5]因此他虽做不了官，不能力行救世，也要退求其次，力言警世。胸中有这许多感慨激奋，写诗自然言之有物，下笔有情。

定庵经世致用，志不得酬，却赢得许多知音，失意之中并不寂寞。外祖父段玉裁早在他弱冠时就夸奖他的治经史之作"风发云逝，有不可一世之概"，又赞他的词："银碗盛雪，明月藏鹭，中有异境。此事东涂西抹者多，到此者少也。自珍以弱冠能之，则其才之绝异，与其性情之沉逸，居可知矣。"[6]这当然是爱孙心切，未免有点溢美，但是对外孙的正面鼓舞，可以想见。女词人归佩珊甚且称誉定庵与他的续弦夫人何吉云为"国士无双，名姝绝世"。定庵既殁，好友魏源为他编就《定庵文录》，说他"文字奥奥洞辟，自成宇宙，其金水内景者欤。虽锢之深渊，缄以铁石，土花绣蚀，千百载后，发铟出之，相对犹如坐三代上"。他殁后二十七年，曹籀为他的文集题词，也说："定庵往矣。定庵之文如水火之在天壤间，未尝一日无者也。后之人苟有好学深思，心知其意，如尝海一滴，而知其味之咸，取火一星，而知其性之烈。若余之朝吟夕咏真不忘夫定庵者，亦其海之一滴，火之一星也夫。"[7]

定庵的诗郁怒清深，风流儒雅之中激荡着一股勃然不磨的豪气侠情，令人对卷低回。从当代的蒋子潇到清末倡诗界革命的黄遵宪、康有为、谭嗣同，以迄易实甫、苏曼殊、柳亚子等南社作者，莫不多少受他的感染。谭嗣同把他和汪中、魏源、王闿运并举，说："千年暗室任喧豗，汪魏龚王始是才。"柳亚子更赞他"三百年来第一流，飞仙剑客古无俦。"物极必反，名满谤随。朱一新在文中，张之洞在诗中，都骂过定庵。与公羊学派对立的古文学家章太炎斥龚文为"侧媚""佻达"。王国维评他的七绝"偶赋凌云偶倦飞"，说他"儇薄无行，跃然纸墨间"。熊十力也贬他说："清人如龚自珍辈，亦稍能见及当时社会情形。然自珍本浮华名士，虽不无聪明，而学甚肤浅，以荒淫自了，绝无立己之道，无与民同患之诚。"梁启超尤其自崇拜转为幻灭，在《清代学术概论》里说："晚清思想之解放，自珍确与有功焉。光绪间所谓新学家者，大率人人皆经过崇拜龚氏之一时期。初读《定庵文集》，若受电然，久乃厌其浅薄。"在同书中梁氏又说："嘉道间龚自珍、王昙、舒位号称新体，则粗犷浅薄……直至末叶，始有金和、黄遵宪、康有为元气淋漓，卓然大家。"

这些贬语都有失公平。以思想而言,大凡开风气的人物,只要能登高一呼而山鸣谷应,甚至退而求其次,只要能一叶报秋,也就够了。任公笔锋常带感情,在民初的新文化运动中,也是启蒙人物。当日他的读者也曾"若受电然",今日回顾,不也有点"浅薄"了吗?以创作而言,龚自珍的诗篇有经学的渊雅,小学的谨严,杂学的恣肆,释道的瑰丽神奇,加上志士扼腕英雄抚膺的那一股勃然不平之气,每每感染读者,有歌哭行吟之概。这种反应最为直接,可谓品诗的一块试金石。我读定庵诗,常从苦涩之中味出清甘,近于英文所谓的 bittersweet;那苦涩在心境,而清甘在语言,却在他诗中融成一体。至于某些哲学家不喜欢诗人,亦多前例:譬如程颐就不满苏轼,朱熹对他也有微词。

在自珍二十二岁那年,段玉裁写信给他,勉励他要"博闻强记,多识蓄德,努力为名儒,为名臣,勿愿为名士[8]"。外祖父的期望落了空。自珍忧时伤世,热衷于政治的改革,他治公羊经学,是为经世致用,对于考据并无多大兴趣;加以仕途蹭蹬,名臣也做不成。名士,倒是落在他头上了。自珍文名既噪,狂名亦播,"以不平凡故,乃为细人所点"[9]。名士而有所谓侧艳之诗，把柄当然更多。

雪莱遭人指责亦多。社会人士震骇于他的无神论思想和遗弃前妻的败德行为。当时的批评家认为他诗才颇高，却运用不当。海斯立特（William Hazlitt）认为他短诗天然出色，长诗便陷入哲学系统而不能自拔；又说他虽有天才，"可惜刚烈不驯的气质把他的天才驱向歧途"[10]。其实当日的批评家对他难做盖棺定论，因为他有不少作品都在死后多年才面世，例如那篇著名的《诗辩》，就到一八四〇年才出版。

批评家对雪莱的评价，百多年来一直分歧，毁誉之间有天壤之别。在十九世纪，爱伦·坡、梅尔维尔、史云朋、汤普森（Francis Thompson）等都推崇他；而反对派中却大半是不写诗的作家，例如海斯立特、卡莱尔、金斯利、马克·吐温。当时对他的不满，主要是认为题材不当；至于对他的人品，则初时的憎恶后来渐渐转为敬重，甚至爱惜。早期的论者视之为恶魔，后期的论者奉之为天使。到十九世纪末，广大的读者莫不尊他为伟大的抒情诗人。雪莱声誉之隆，约略以一八九五年至一九二〇年为巅峰：当时的两位文豪，哈代与萧伯纳，真像是雪莱之庙的神荼郁垒。萧伯纳更坦承自己的宗教观乃本于雪莱[11]。

这当然不是文坛的定论。早在一八八一年，安诺德就说："雪莱其人实际上不很清醒，雪莱其诗也是如此……无论在写诗或处世上，他都是一个美丽而无用的天使，徒然在虚空里扑动耀眼的双翼。"[12]新人文主义兴起后，雪莱的声誉便一直下降。莫尔和白璧德发难于先，新批评家如兰逊、泰特、沃伦、布鲁克斯等继起于后，在一片反浪漫主义的浪潮之中，把雪莱评析到狼狈的程度。新人文主义的学者从道德与思想的立场来非议他。新批评的作家则就诗论诗，从诗艺本身来吹毛求疵，认为他一味纯情，不可忍受；音调太滑利，不够沉潜；一喻未完，他喻又起，不够统一；而又玄想飘忽，凭空来去，不能探索现实。艾略特对雪莱的评价，仍依十九世纪的惯例，二分结算。他说："雪莱的诗才诚属一流，只可惜他死得太早，未能用来表现更可靠的信念。"[13]李维斯力斥其非，认为雪莱根本诗才不济，技艺欠精，而且以《西风颂》一段为例，详加析贬[14]。自此以后，拥雪派受挫颇重，答辩时往往采取守势。

自珍与雪莱的身后诗名都曾盛极而淡，雪莱的情况更可说是盛极而衰。拥雪派的大将包陀在一九六〇年甚至绝望地说："对雪莱的轻视，行将众口一词，这情况或许会维持百年，抑将更久。"[15]龚自珍的情况比较好些。他的地位至南社与《新民丛报》而极崇，

"五四"以后新诗兴起,风气大变,而诵读古典诗者尚有李杜苏黄等唐宋大家可供欣赏,崇龚之风乃渐平息[16]。不过这只是由盛转淡,却不像雪莱屡遭批评名家那么细析重贬,身后的鬼魂几乎不得安息。梁启超、王国维等人贬龚,不过浮光掠影,片言断案,哪像李维斯之辈那么条分缕析,穷追不舍,致令后人难以翻案?雪莱是浪漫派第二代的健者,自新人文主义以来,浪漫派在文坛与学府之间地位大降,而受创最重的,就是雪莱。至于定庵,在梁启超之后为他辩护的人不绝如缕。直到四十年前,朱杰勤还肯定他为"文士之代表,思想界之领袖,且为世界大散文家之一……惊才绝艳,旷代一人。"[17]朱杰勤之论不免有点夸张,他那《龚定庵研究》的专书对定庵诗的评价也前后矛盾[18]。

雪莱虽屡受苛评,他的成就并未全被抹杀。至今论者仍然承认《普罗米修斯之解放》为一杰作,《倩绮》(*The Cenci*)为出色的诗剧,《阿当奈司》为英国有数的挽诗,《西风颂》等短篇为抒情诗的名作,而长文《诗辩》则仍为英国文学批评的重要文献。雪莱在二十世纪之所以跌得重,是因为他在十九世纪的地位太高了。

雪莱与龚自珍之间,有一点难以并比。毕竟自珍在世多雪莱十九年[19],阅世更多,创作的时间更长。

如果他也像雪莱那么死于三十岁，则不但写不出《己亥杂诗》，连道光年间的文章也没有了。尽管如此，雪莱在英国诗人之中仍可称博学。他对于柏拉图和希腊文学造诣颇深。他虽然是牛津大学的除籍生，却兼通希腊文、德文、法文、西班牙文；至于拉丁文，则为当日读书人必修的欧洲文言，当然知晓。他曾经译过柏拉图的《对话录》，希腊的荷马颂诗（Homeric Hymns），但丁的《炼狱》，柯德隆的《魔术大师》（Calderon，*El Magico Prodigioso*），歌德的《浮士德》；虽然多半只是片段，却可见其用功之勤，而后面两部作品的英译，据说都极受译界推崇[20]。龚自珍治学更为广博，举凡经学、小学、掌故、史地、金石、佛、道，及其他杂学，都供他的诗文驱遣；在文体上，则诗、词、散文均富。他的诗里当然提不出像《普罗米修斯之解放》那样庞伟之作，即便《能令公少年行》《汉朝儒生行》等较长之作，也难追《阿当奈司》之规模。但是他的题材广泛，感受深刻而独特，己亥年间南北长途跋涉的八个月里，竟然成诗三百一十五首，创作力也不多让了。至于散文，雪莱并无像《说居庸关》《病梅馆记》《记王隐君》《己亥六月重过扬州记》等的抒情小品：他的头脑里理想充塞，观念太多，对于在时空世界里抄袭柏拉图所谓"理型"（Idea）的实物，并不很感兴趣，也不细心观察。雪莱动笔写散文，不是为自己的长诗作序，便是要探讨抽象而高远的哲理。在这方面，定庵也不甘寂寞：他那一组"壬癸之际胎观"的九篇文章，从人类起源、制度形成、权力由来，一直说到天道循环，与雪莱学究天人的论文好有一比。不过定庵的散文沉博奥衍，矫健纵横，古朴之中有一股奇气，特富感性；像《写神思铭》《宥情》《尊隐》之类的瑰丽奇文，雪莱的散文里绝不会有；像《与江子屏笺》那样老吏断狱、明快简练的文章，也不是雪莱所擅长。

> 故物人寰少，犹蒙忧患俱：
> 春深恒作伴，宵梦亦先驱；
> 不逐年华改，难同逝水徂。
> 多情谁似汝，未忍托禳巫。

定庵的这首五律《赋忧患》至少有三个特点。第一，主题抽象，这在西洋诗中常见，在中国诗中罕闻。第二，抽象事物拟人化，而且当面称呼，几若西方修辞之 apostrophe。第三，忧患看上了诗人，寸步不离，诗人竟习以为常，日久情生，舍不得分手了。这真是以苦笑代替痛哭，可谓一反常情的翻案文章。邓约翰也未必能写得这么匪夷所思；至于雪莱，抒情向来露骨，而且耽于自艾自怨，如果由他来写，大概第一、第二两点驾轻就熟，第三点的温柔敦厚与旷达自嘲，就办不到了。

雪莱在十九世纪初的诗坛固然是一大英才，但那是群星争辉的时代，至少有五位大诗人与他同时。龚自珍的前辈袁枚、蒋士铨、赵翼三人之中，只有耋翁赵翼在他二十三岁时还在世，袁、蒋都不相接。黄景仁在他生前九年已殁，黄遵宪在他殁后七年才生。在嘉道之间寂寞的天空，他几乎是孤光独照，当真是他名诗《秋心》里所说的"长天一月"了。

附 注

1. 见段玉裁《经韵楼集》外孙龚自珍字说："余曰，字以表德。古名与字必相应，名曰自珍，则字曰爱吾，宜矣。"段氏盖用陶潜句"众鸟欣有托，吾亦爱吾庐"之意。

2. 根据雪莱牛津同学霍格所著《雪莱传》(Thomas Jeffe-

rson Hogg, *The Life of Percy Bysshe Shelley*）所述，雪莱的母亲和四个妹妹都以美貌著称。因此雪莱的面貌也姣好如少女。雪莱一八一一年一月十一日致霍格信中，如此形容自己的母亲："她是一个善良可敬的女子，从不曾跟人过不去。"

3. See Keats's Letter to Shelley on August 16, 1820. The quotation is from Spenser's *Faerie Queene* II.vii.28 : "With rich metall loaded every rifte."

4. 见崔罗尼之回忆录 Edward John Trelawny, *Recollections of the Last Days of Shelley and Byron*（in J.M.Dent &Sons, *The Life of Shelley*, Vol.II, pp.180−181）拜伦那句话是："If he cast off the slough of his mystifying metaphysics, he would want no puffing."

5. 见《定庵全集》（台湾中华书局）补编卷三。

6. 见《经韵楼集》怀人馆词序。

7. 见《定庵全集》题词。

8. 见《经韵楼集》与外孙龚自珍札。

9. 见朱杰勤《龚定庵研究》页67至68。

10. "Yet Mr.Shelley, with all his faults, was a man of genius, and we lament that uncontrollable violence of temperament which gave it a forced and false

direction." See William Hazlitt, "Shelley's Post humous Poems", *Edinburgh Review*, July 1824.

11. 追溯雪莱身后声名之升降荣辱, 可看 Frederick A. Pottle, "The Case of Shelley" (1952). 此文收入 Shelley: *Modern Judgements*, ed.R.B.Woodings (Aurora 1969)。

12. Matthew Arnold, concluding paragraphs of "Byron" and "Shelley" in *Essays in Criticism*, Second Series, pp.143–144, 177.

13. T.S.Eliot, "Shelley and Keats" in *The Use of Poetry and the Use of Criticism* (Cambridge, Mass., 1933) pp.87–88.

14. F.R.Leavis, *Revaluation* (1936) pp.204–207。干脆说雪莱诗才不济的, 尚有另一位反浪漫而主理性的温德斯。The bardic tone is common in Romantic poetry: it sometimes occurs in talented (but confused) poets such as Blake and Yeats; more often it appears in poets of little or no talent, such as Shelley, Whitman, and Robinson Jeffers. (from Yvor Winters, *Forms of Discovery*, 1967.)

15. 见注11之同书同文。

16. 唐弢《鲁迅全集补遗编后记》及许寿裳《亡友鲁迅印

象记》，均谓鲁迅亦颇受龚自珍影响。

17. 见朱杰勤《龚定庵研究》第一页。

18. 朱杰勤在《龚定庵研究》中，先谓"沟通汉宋，不立门户，是其长也。诗则宗仰吴梅村、陆放翁，词则出入苏东坡、辛弃疾，皆非其至也。"（页8）继又谓"龚定庵为一极伟大之抒情诗人。"（页88）

19. 龚自珍生于一七九二年（乾隆五十七年壬子）阴历七月五日，卒于一八四一年（道光二十一年辛丑）阴历八月十二日；依中国算法，享年五十，依西法只得四十九。雪莱生于一七九二年八月四日，卒于一八二二年七月八日，尚不足三十岁。

20. See Joseph Raben, "Shelley as Translator", in *Shelley*: *Modern Judgements*（Aurora 1969）.

童心篇

　　莎士比亚在《仲夏夜之梦》里曾说："满心异想入非非，狂人恋人与诗人。"诗人的敏感自然过于常人，尤以浪漫诗人为甚。雪莱从小好学多思，时常独坐一隅，神游物外，被群童呼为"疯雪莱"。他耽于鬼怪故事，喜欢说来吓他的几个妹妹。他对科学的兴趣半在化学实验，青烟缭绕之中，自称是在召唤魔鬼。有一次在邮驿车上他和一位肥妪对坐，竟生幻觉，认定她患了象皮症，传染了给他，行将不治，惶惶自扰了很久。在"玄学思考"（*Speculations on Metaphysics*）第五条释梦里，雪莱自述十八岁时在牛津郊外散步，到乡径转弯处忽见一座风车，其后小丘逶迤，灰云横陈晚空，此情此景，顿悟梦中曾见。

龚自珍也同样过敏。在《寒月吟》里他自称"我生受之天，哀乐恒过人"。从小他患了一种怪病，听不得门外卖糖小贩吹箫的声音，一听，就发痴、怕冷。长大后对这种饧箫仍然过敏。《冬日小病寄家书作》便自述此事，以下只举其前半：

> 黄日半窗暖，人声四面希。饧箫咽穷巷，
> 沉沉止复吹。小时闻此声，心神辄为痴。
> 慈母知我病，手以棉覆之。夜梦犹呻寒，
> 投于母中怀。行年迨壮盛，此病恒相随。

自珍有一篇叫《写神思铭》的小品，里面所述那种不可名状的恍惚之情，与前举的怪病似乎相通。兹仅录其片段：

> 鄙人禀赋实冲，孕愁无竭，投间篷乏，
> 沉沉不乐。抽豪而吟，莫宣其绪，欹枕内听，
> 莫讼其情。谓怀古也，曾不朕乎诗书。谓感
> 物也，岂能役乎肇悦？将谓乐也，胡迸至而
> 不和？将谓哀也，抑娄袭而无痰。徒乃漫漫
> 漠漠，幽幽奇奇，览镜忽唏，颜色变矣。

这么微妙而神秘的奇愁，恐怕连善感的雪莱也把他莫奈何了。生于同年同月的中西两大诗人，如果当日能相会而且对谈，一定大有可听。自珍受小学于段玉裁，习公羊春秋于刘逢禄，可谓儒家正统的传人，但是他身为诗人，在饱受挫折之余，也不免向释道等更自由的世界去寄托他的想象。他自白道："庄骚两灵鬼，盘踞肝肠深。"[1]庄子或可比拟柏拉图，屈原或可比拟但丁，而柏拉图的哲学与但丁的诗也正深入雪莱的肝肠。

敏感的人常有夙慧，孩时的印象也分外深刻。可是引颈前瞻，一意要改革世界的雪莱，却很少回顾孩时[2]。在《西风颂》里他有这样的壮语：

> 纵然我能够
> 果真重回孩提的时代，
> 与你结伴去天上遨游，

那时啊，要比你的高速更快

也不见得是妄想；

在《颂理想之美》(*Hymn to Intellectual Beauty*) 里他
又说：

小时候我追寻鬼魂，疾奔过

多少侧耳的幽室、废墟、岩洞，

和星夜的树林，骇步追踪，

只望与亡魂能高谈畅说。

可是少年的雄心经不起世途的坎坷，他在《西风颂》
里如此悲呼：

我跌落荆棘的世途！我流血！

岁月的重担已铐住，已压倒

你这个同伴，他不驯，迅疾，自傲。

《西风颂》写于一八一九年，当时雪莱才二十七岁，已
经在慨叹岁月的重担。到一八二一年，他又写了这首
极尽幻灭之美的《悲歌》(*A Lament*)：

啊世界！啊生命！啊时光！
我正拾级攀到你顶上，
　　回顾刚才的踏步而颤抖；
何时能再见盛年的光芒？
　　再也不能——哦，再也不能够！

无论是白昼或是清宵，
喜悦的心情早已远逃；
　　早春，盛夏，残冬的气候，
只能够带来悲哀，而欢笑
　　再也不能——哦，再也不能够！

龚自珍到中年以后也常发相似的感慨。在《己亥杂诗》里就有这么几首诗：

文侯端冕听高歌，少作精严故不磨。
诗渐凡庸人可想，侧身天地我蹉跎。

少年哀艳杂雄奇，暮气颓唐不自知。
哭过支硎山下路，重钞梅冶一奁诗。

少年哀乐过于人，歌泣无端字字真。

既壮周旋杂痴黠，童心来复梦中身。

雪莱在《颂理想之美》中追寻亡魂，可谓"哀艳"，在
《西风颂》中与西风结伴而飞，可谓"雄奇"。定庵既
壮，染上虚伪与油滑，也不复少年的天真了。"诗渐凡
庸"与"颓唐不自知"当然只是自我警惕，不是写实。
相比之下，雪莱诗中的少年代表快乐、自由、天真、
敏锐；定庵诗中的少年所代表的却以天真、敏锐为主，
至于所感所受，则哀乐俱深，因此歌泣并作。定庵诗
中屡言童心，比雪莱强调得多。他写《己亥杂诗》的
时候，已经四十七岁，当然易触怀旧之情。但是早在
他三十六岁时，《梦中作四截句》之二已有这种依恋：

黄金华发两飘萧，六九童心尚未消。

叱起海红帘底月，四厢花影怒于潮。

前两句的意思是：黄金无几，花白的头发也日稀；在
这六九的衰世，所幸我的童心尚未消泯。在他三十二
岁时又有一首诗，叫《午梦初觉怅然诗成》：

不似怀人不似禅，梦回清泪一潸然。

瓶花帖妥炉香定，觅我童心廿六年。

第一句惝恍迷惘的心境，有点像他自己《写神思铭》的意味，十足表现了刚由梦境回到现实来而仍在意识边缘的感觉。"瓶花帖妥炉香定"的静境，是作者初醒时凝望久之的实物：他发现室内的一切跟他入梦前完全一样。这种莫可名状的出神感，他小时候也曾有过（不然就是他刚才梦见了童年的事），一时之间竟似回到了二十六年前了。这首神品以瓶花炉香为界，可谓现实的坐标，一面由主观的空间，梦，回来，另一面则向客观的时间，二十六年前，伸去。可是这一刹那，究竟是梦近而童年远，还是梦即童年呢，却已浑然难分了。这一切都必须依赖"瓶花帖妥炉香定"的实景，才能生效，否则就太游离空幻，令人难以把握。想象的波涛要打在现实的岸上，才激得起浪花。雪莱的诗喜欢凌空起落，而且喻中带喻，有时令读者莫知所从，就是缺少"瓶花帖妥炉香定"这种实物实景的支持。难怪李维斯说他"对实物的把握不足"（weak grasp of the actual）[3]。定庵这首诗探索到童年，但在另一首诗《猛忆》里，他却透过自己的童年伸进宇宙的童年：

　　　　狂胪文献耗中年，亦是今生后起缘。
　　　　猛忆儿时心力异，一灯红接混茫前。

这首诗大意是说：中年的岁月都在罗列文献、钻研学术中消耗掉了，猛忆儿时悟性过人（或用心的方式不同），一闪灵光一直通到世界初开，生命初起的原始。这简直是超越文化，直通自然，达于宗教之境了。定庵少时在《壬癸之际胎观》的一组文章里探讨过天道和人事的种种本质问题，正是诗末所谓的"混茫前"。其第四篇就说："心无力者谓之庸人。报大仇，医大病，解大难，谋大事，学大道，皆以心之力。司命之鬼或哲或惛，人鬼之所不平，卒平于哲人之心。"灯，自然象征智慧[4]，在定庵诗中是屡见的形象，而且在《写神思铭》和《宥情》一类文章里也很动人。定庵常以禅入诗，此地"一灯"与维摩经的联想自所不免[5]。

我认为龚自珍这么心萦童年，在中国诗人里，实在罕见[6]。陆游的"白发无情侵老境，青灯有味似儿时"，杜甫的"忆年十五心尚孩，健如黄犊走复来；庭前八月梨枣熟，一日上树能千回"，写童年情景都很动人，但是他们写的都是常童[7]。杜甫诗中的孩子外倾好动，陆游的比较进入内心，却都不像定庵诗中的这么内倾而早熟。我初次读到他这首《猛忆》时，真正吓了一跳。要找一位英国诗人在这方面来颉颃定庵，恐怕雪莱还嫌不够，得找华兹华斯。

华兹华斯认为诗起于情，但诗情得之于沉静从容的回味。此说近于"痛定思痛"。诗情不可太直接，太逼近，要经过回味的沉淀作用，才能由乱入定，求其精纯。他的诗多来自回忆，尤多追忆童年，因为儿童最天真、快乐、敏感。他认为儿童之所以如此，是因为人的灵魂在出生前早已存在（preexistence），儿童敏于成人，正因为他们辞神不久，入世未深：他们"特异的心力"是入世渐深而渐弱的。基督教认为肉身虽朽，灵魂犹存，却无灵魂先于肉体之说。柏拉图则认为灵魂存在于生前与死后，它对于永久"理型"的知识，在出生时就全忘了，必须在有生之年靠哲学的修养才能逐渐追忆。华兹华斯的杰作《不朽颂：追忆童年所得之暗示》（*Ode*：*Intimations of Immortality from Recollections of Early Childhood*），有如下一段：

> 我们的诞生只是一睡而淡忘：
> 灵魂，生命的太阳，与我们共升，
>   它刚在另一个世界下沉，
>   现在却来自远方：
>   也不曾忘尽来历，
>   也不曾全然露体，
> 我们从上帝的故居初来，
>   飘曳着灿云如带：

婴孩初生仍置身于天堂！

渐长渐大，那牢房的阴影

　　就渐渐地向他逼近，

　　　　但是那幼婴

仍见到光明，见光明来自何乡，

　　喜悦的时候更瞥见；

少年一天比一天离东方更远，

　　却还是造化的祭师，

　　那壮丽的异象

　　还跟在他路旁；

最后，成人觉异象之消逝，

化入了平平庸庸的日子。

这一段名句当然比龚诗壮观（我是指原文，不是此地我的译文），可是用意颇近于定庵的七绝。华兹华斯这一段是顺叙，定庵却是倒叙：中年、儿时、混茫前。"儿时心力异"，才见得到华兹华斯诗中所谓的"异象"（vision splendid）。"一灯红"正是英诗中的"生命的太阳"，也就是灵魂。定庵的回溯由近而远，由小而大，由实入虚，后二句猛然飞腾而起，其势惊人，转眼已破句而去。"一灯红接混茫前"，真的是"篇终接混茫"，要讲浓缩，诚非英诗能比。

中西两位诗人同样珍惜童年的纯真与夙慧，其中却有相异。华兹华斯常用复数"我们"，几乎是为人类发言；定庵的"儿时"是自己的经验，更具独特性。不过最大的差异，却是华兹华斯的童年更具哲理，定庵的更具伦理。华兹华斯笔下的童年少见家庭背景，却常见上帝、自然等等[8]。《不朽颂》说人是神之子，降世之后转与自然相亲，自然善待人类，像一位养母。此说令人想到童话里被弃的王子，幸得村妇抚育。定庵写童年的诗中，那孩子却是一个"伦理人"，不是英诗中的"自然人"。前文引《冬日小病寄家书作》一诗，已经可见定庵母子如何情深。下面再引二首：

乙酉除夕梦返故庐见先母及潘氏姑母

门内沧桑事，三人隐痛深。
凄迷生我处，宛转梦中寻。
窗外双梅树，床头一素琴。
醒犹闻絮语，难谢九原心。

元日书怀

癸秋以前为一天，癸秋以后为一天。
天亦无母之日月，地亦无母之山川。

勤羸勤绌勤付予，如奔如雷如流泉。

从兹若到岁七十，是别慈亲卅九年。

定庵的母亲段驯卒于道光三年癸未，时为七月。所以说癸秋前后判若两个世界，全因丧母之故。后面这首一气哭成，尤其真挚感人。定庵三十一岁丧妣，重创不愈，常在诗中自伤孺情。再举二例：

丙戌秋日独游流源寺寻丁卯戊辰旧游遂经过寺南故宅怅然赋

髫年抱秋心，秋高屡逃塾。

宅往不可收，聊就寺门读。

春声满秋空，不受秋束缚。

一叟寻声来，避之入修竹。

叟乃歚古笑，烂漫晋宋谑。

寺僧两侮之，谓一猿一鹤。

归来慈母怜，摩我百怪腹。

言我衣裳凉，饲我芋栗熟。

万恨未萌芽，千诗正珠玉。

醰醰心肝淳，莽莽忧患伏。

浩浩支干名，漫漫人鬼箓。

依依灯火光，去去门巷曲。

魂魄一惝怳，径欲叩门宿。
千秋万岁名，何如小年乐。

寒月吟之四

我生受之天，哀乐恒过人。
我有平生交，外氏之懿亲。
自我慈母死，谁馈此翁贫。
江关断消息，生死知无因。
八十罹饥寒，虽生犹儌民。
昨梦来哑哑，心肝何清真。
翁自须发白，我如鬌卯淳。
梦中既觞之，而复留遮之，
挽须搔爬之，磨墨揄捓之，
呼灯而烛之，论文而哗之。
阿母在旁坐，连连呼叔耶。
今朝无风雪，我泪浩如雪，
莫怪泪如雪，人生思幼日。

两首怀念童年的诗里，不但都有慈母的音容，还有外
叔祖的笑貌。这位外叔祖是他母亲的叔叔段玉立，也
就是段玉裁的弟弟。诗里的叟与翁同为一人：也可见
定庵小时如何调皮得宠。有这么快乐的童年，也难怪

诗人要昼思夜梦。定庵对舅家的感情特别深厚，当然也因为母子情重，而且段家的人富于文采。前引"少年哀艳杂雄奇"那首七绝，所哭的墓中人就是他的舅舅段右白，也是一位诗人。他的孺慕之情不能自抑，更及于儿时的保姆。己亥六月，定庵在吴中重逢这位保姆金媪：这时他已四十八岁，而金媪已经八十七岁了。他记述这伤感的重逢：

温良阿者泪涟涟，能说吾家六十年。
见面恍疑悲母在，报恩祝汝后昆贤。

定庵也有诗给父亲，但是因为父亲一直健在，诗情不如追念亡母那么深沉：

六义亲闻鲤对时，及身删定答亲慈。
划除风雪关山句，归到高堂好背诗。

定庵这种亲情更与乡情相缪，在《寒月吟》之一里乃有这样的句子：

东南一以望，终恋杭州路。
城里虽无家，城外却有墓。

168

相期买一丘，毋远故乡故。

定庵从小就喜欢吴伟业、方舟、宋大樽三家诗文。后来他在《三别好诗》的自序里说："余于近贤文章有三别好焉，虽明知非文章之极，而自髫年好之，至于冠益好之。兹得春三十有一，得秋三十有二，自揆造述，绝不出三君，而心未能舍去。以三者皆于慈母帐外灯前诵之，吴诗出口授，故尤缠绵于心。吾方壮而独游，每一吟此，宛然幼小膝下时。"爱屋及乌，孺慕一至于此。怪不得在《宥情》里他自述有如下的惯病：

> 龚子闲居，阴气沉沉而来袭心，不知何病，以谂江沅。江沅曰："我尝闲居，阴气沉沉而来袭心，不知何病。"龚子则自求病于其心，心有脉，脉有见童年。见童年侍母侧，见母，见一灯荧然，见一研一几，见一仆妪，见一猫。见如是，见已，而吾病得矣。

这种萦心劳梦的孺子情怀，简直可通弗洛伊德的心理学了。定庵一生多情，用情既深且广。雪莱也有多情（passionate）之名，但他用情的对象，是抽象的自由与爱，是泛泛的人类，是自然，是理想的女性，而不是身边的血肉之躯。定庵的亲情诗中，母亲、父亲、舅舅、姑母、叔祖、保姆等等人物，莫不沐浴于深情的光辉。在这方面，定庵和中国传统的儒者一样，是一个十足的伦理人⁹。柳亚子诗赞定庵集说："三百年来第一流，飞仙剑侠古无俦。"定庵有释道的灵慧，可以语仙；又是儒之狂者，不但富于同情，而且下笔大胆而痛快，可以语侠。但是他更是一位深入人间厚于人伦的仁者。雪莱也有仙风侠骨，但他在人伦方面的表现，远不及定庵之厚笃。雪莱丧女，在诗中颇表伤沮，但是我们很难想象他会写诗怀念母亲或故乡。他对父母都不依恋，跟父亲甚至格格不入，形同路人。他的童年并不愉快，因为乔治三世时代的学童绝不如嘉庆书生那么斯文儒雅，同学们欺新凌弱，又不喜欢他那么文静深思，异于常童。他的家境富有，却不像定庵那么髫年就习见名士与鸿儒，更不可能在母亲帐前习诵诗文了。

其实，不但在雪莱诗中不见孺慕，即在浪漫派其他诗人的作品里，也绝少这主题。华兹华斯的《不朽颂》以神为父，以大自然为养母；这位常念童年的诗人并不太表现伦理上的孺慕，他诗中的童年介于宗教与哲学之间，并无多大家庭的实际背景。相反的是，拜伦常和母亲争吵，势同水火。兰姆的姊姊虽亦有文才，却杀了自己的母亲；尽管那是因为发狂，在中国当时的社会却不可思议。定庵在《抱小》一文中论析治小学与孝道的关系，并举了两个例子："金坛段公，七十丧亲，如孺子哀，八十祭先，未尝不哭泣……高邮王尚书，六十五丧亲，如孺子哀。"定庵赞誉的前辈诗人舒位，"闻母丧，戴星而奔，不纳勺饮者弥月，遂以毁卒，年五十一"。定庵的后辈俞樾，"既丧母、妻，终身不肴食，衣不过大布"。这样子的孝思，在拜伦、雪莱看来，恐亦不可思议。

　　五伦之中，君臣可以不论，其他四伦里，在英诗中以夫妻之情表现得比较热烈。友情在英诗中不算动人，比起爱情来尤为减色[10]。西洋诗中悼念亡友之作不少，却常以铺张而雕琢的"田园挽歌"（pastoral elegy）来写。这一类诗，像米尔顿的《李西达斯》（*Lycidas*）、雪莱的《阿当奈司》、安诺德的《塞尔西司》，都格局壮大，写得很美，但以友情而言，却并不怎么深厚。《阿当奈司》的崇高情操与壮丽想象，杜甫未必能够企及，但是《梦李白》的真情流露却远远超过雪莱之对济慈。约翰生论《李西达斯》，指出它"不能算是真情流露，因为真情不暇捕捉僻典与难明的信念……作者能从容虚构，正可见哀痛不深"[11]。后代的学者认为大博士有偏见，我倒觉得评得不错：约翰

171

生真像中国的诗话作者。

至于其他两伦，也就是父子与兄弟之间的血亲关系，在中国诗里产生了不少杰作，但在英诗里就淡得太多了。在英诗里根本找不到像韦应物《送杨氏女》那么深婉感人的父女之情，即使叶慈的《为吾女祈祷》，在真情流露上也稍逊一筹。手足之情，表现在中国诗里的，也有王维、杜甫、白居易、苏轼等著名的例子，但在英诗里较为著名的，却未见过：济慈是极少数例外之一，但是他写给弟弟的三首诗都不是他的出色作品。

附　注

1.《自春徂秋偶有所触拉杂书之漫不诠次得十五首》之三。

2. 雪莱对一般孩子很感兴趣，因为柏拉图的哲学认为灵魂不朽，而且存在于一个人的生前与死后。霍格的《雪莱传》(T.J.Hogg, *The Life of Percy Bysshe Shelley.*) 第七章有一段说："他（雪莱）常说，每一位真正的柏拉图信徒必爱儿童，因为儿童能教导我们哲学：初生婴儿的心灵绝非洛克所谓的一张白纸，而是袖珍本的艾西维尔版《柏拉图全集》，对话录一句也不缺。"接着霍格并记述，某日他和雪莱共读柏拉图后，又一同出门去散步。莫达琳桥上有一妇人抱一婴孩。雪莱忽然趋前夺婴。妇人大惊，紧抱不放，争持片刻之后，始悉雪莱是要向婴孩问前生（pre-existence）之事。"你的宝宝肯告诉我们前生的情形吗？"雪莱一再认真而尖声地问道。妇人也认真答道："他还不会说话呢。"雪莱大失所望说："只要他愿意，其实他会说的，他出世才几星期啊。"这婴孩倒也不怕生，反而看着人笑。不过，雪莱虽然天性喜欢孩子，又深受哲学影响，把孩子当作不落言诠的天机，他在自己的作品里却绝少忆述童年。正如他对其他问题一样，他的兴趣在抽象的探索，而非个别的具体现象。在《论生命》（*On Life*）第八段，雪莱说惯于冥想的人常觉自身似乎融入周围的世界，又似乎周围的世界被吸入自己的生命，并不觉其间有异。此种心境，常生于彻悟生命之际。长大之后，类此心力往往衰退，乃沦为机械与习惯之奴。

3. See F.R.Leavis, "Shelley" in *Revaluation*（1936）。

4. 冯至《十四行诗》之二十一末二句："只剩下这点微弱的灯红／在证实我们生命的暂住。"疑受定庵此诗影响。

173

5. 可参照《己亥杂诗》第一六六："震旦狂禅沸不支，一灯慧命续如丝。"第二七八："一灯古店斋心坐，不似云屏梦里人。"一灯慧命，可以旁证"一灯红接混茫前"中之一灯为心灵之智慧。至于第二七八首，乃定庵别灵箫之后所写；既云"古店斋心"，则收心饮性，返于古寂之境，必挥慧剑断情丝矣。所以此处的"一灯"也尽多象征意义。

6. 对母亲的孺慕，在定庵诗文之中所占分量颇重。除在本篇所引者外，尚有《乙酉腊见红梅一枝思亲而作时小客昆山》二首，《烬余破簏中获书数十册皆慈泽也书其尾》一首，《十月廿夜大风不寐起而书怀》一首，皆情溢乎词，令人感动。《十月廿夜大风不寐》这一首有句云："城南有客夜兀兀，不风尚且凄心神。家书前夕至，忆我人海之一鳞。此时慈母拥灯坐，姑倡妇和双劳人。寒鼓四下梦我至，谓我久不同艰辛。书中隐约不尽道，惝恍悬揣如闻呻……"定庵想念慈母时，总出现母亲在灯前的形象，想必这是他童年最深刻的印象，故常萦心头。

7. 见陆游诗《秋夜读书每以二鼓尽为节》，杜甫诗《百忧集行》。

8. 华兹华斯的《我家七个人》(We Are Seven)和《迈可》(Michael)也写亲情，却为第三者之旁述，没有定庵诗的自传性。也许这是中国诗的一个局限。但所谓《露

西组诗》(*Lucy Poems*) 和《赠吾妹》(*To My Sister*)
则以第一人称发言。有"我"在诗中。华兹华斯并未
像定庵这样,写许多诗怀念母亲。

9. 论者每谓台湾之现代诗西化,其说不确。即以孺慕而
言,怀念或哀悼父母,在现代诗中实为一大主题。洛
夫、白萩、敻虹、沙穗、罗青、李男、向阳、吴晟等
都写过这种作品。在我二十多年前的诗里,哀悼母亲
之作也占了颇重的分量。大荒近日更在《中外文学》
第十三卷第二期发表"迟佩的黑纱",追念他的兄姐。
相形之下,西方现代诗中,这种孝悌的主题就淡得多
了。能像巴克尔的《献给母亲的十四行诗》(George
Barker, *Sonnet to My Mother*) 这么动人的英文诗,实
不多见。希望有心人能广搜资料,做一比较,以答偏
见之妄论,并供比较文学发挥。

10. 《英诗金库》(*The Golden Treasury*, ed, F.T.Palgrave)
四百首诗中,咏爱情者一百五十四首;咏友情者仅得
十九首。《唐诗三百首》中,男女主题占四十六首,朋
友主题占九十一首。由此可见一斑。

11. Samuel Johnson, *Life of Milton* (1779): "It is not
to be considered as the effusion of real passion; for
passion runs not after remote allusions and obscure
opinions...Where there is leisure for fiction there is
little grief."

侠骨篇

雪莱和龚自珍都是富于政治意识、满怀社会良心的作家，其政治与社会的见解，不但咏之于诗，而且宣之于文。定庵刺时论政的文章对晚清变法维新的运动颇有启迪，所以他在思想史上也有相当地位。雪莱在这方面的表现比较为人忽略，甚至博学慎思的安诺德也把他说成"美丽而无用的天使，徒然在虚空里扑动耀眼的双翼"。左翼的评论家却强调雪莱的社会意识，抉发他诗文里的革命观念，认定他是"人民的诗人"[1]。一位作家的评价因人而异，竟然如此地相反。

雪莱生当英国之盛世：工业革命与殖民主义促进了英国的财富与势力；一八一五年拿破仑战争结束，英国打败了欧陆的强敌，国际地位也告上升。雪莱出世前夕，美国独立，接着又是法国革命，这两件大事鼓舞了英国的民主思想，对激进青年的影响极大。同时英国虽然日趋富强，但资本主义的病态也初露端倪：英国的繁荣正赖工人的血汗来撑持，社会改革的步调却缓不济急，一时民怨难消。一八一九年八月十六日，八万人民在曼彻斯特的圣彼得田间集体请愿，要求废止积弊已久的谷类法，并改革国会。厂方出动自备之骑兵来对付妇孺，非但不听官军的劝告，反而纵其驰骤行凶，因而造成惨案，此即所谓"彼德路大屠杀"
（Peterloo Massacre）。这时雪莱正在意大利，听到消
息，十分震惊，就在当年九月写了一首三百多行的长
诗加以谴责，叫作《暴行的假面具》（*The Masque of
Anarchy*）²。下面是开头的几段：

> 我在半路上和凶手相遇——
> 他戴的假面具像卡梭利——
> 他看来很高雅，其实阴险；
> 背后跟随着七头狼犬：
>
> 七头大肥犬，看来都是
> 无可怀疑地忠于主子；
> 一块又一块，一只又一只
> 他丢给它们人类的心脏，
> 取自他自己宽阔的大氅。
>
> 然后是骗子，他身上所披，
> 像艾敦一样，是银鼠皮衣：
> 他最善哭，大颗的眼泪
> 落地都化成磨石累累。

小孩子们在他的脚畔
来来去去地追逐游玩，
以为每一滴泪都是珍珠，
却被它们打破了头颅。

然后是骑鳄鱼的伪君子，
那样子真像是席德默斯：
他披着圣经像披着光，
还把夜之影披在身上。

还有更多的暴徒混入
这一场恐怖的假面之舞，
除了眼睛，都化装得好像
主教、律师、贵族、侦探的模样。

最后是乱世魔王：他的坐骑
是一匹白马，溅满了血迹；
他面无血色，苍白的嘴唇，
像启示录中的那尊死神。

他头上戴着君王的金冠，
手里握一支权杖闪闪；

我见他额上有这么一句话：

　　"朕即天父、人君，国法！"³

此诗最末的一段如下：

　　　　像狮群醒来一样地站起，

　　　　千万人一致就所向无敌；

　　　　把你们的铁链一起挣碎，

　　　　像抖掉梦中落身的露水；

　　　　他们是一小撮——你们是一大堆。

这简直是公然鼓励英国人民起来革命了，也就难怪，
这首诗一直到雪莱死后十年才能发表。其实雪莱的
好几首政治诗都发表于身后。雪莱鼓吹革命不遗余
力，在政治上确是激进分子。早在二十岁时，他就西
渡爱尔兰，散发《告爱尔兰人民书》，呼吁被压迫的
爱尔兰人起来争取天主教徒的民权。法国革命他热烈
支持，却鄙夷拿破仑的称帝独裁，曾写了一首十四行
诗《一位民主信徒闻拿破仑之败有感》（*Feelings of a
Republican on the Fall of Bonaparte*），前半段如下：

　　我恨过你，没落的暴君！更悲叹

你这样的奴隶，毫无出息，

　　竟在自由之墓上载舞载嬉；

　　其实真不如将你的宫殿

　　建在那坟墓的现址：你一心

　　追求的排场，空虚而残暴，

　　已经被时间扫清。

华兹华斯早年也热衷于法国革命；后来革命变成暴政，
不但拿破仑上台，而且危及英国，华兹华斯乃转而反
对革命。雪莱虽恨拿破仑，却未放弃革命的初衷，因
此认为前辈诗人变了节。他在另一首十四行诗《致华
兹华斯》（*To Wordsworth*）的后半段这么说：

　　你曾经像一颗孤星照耀

　　冬夜怒涛上的一叶薄舟；

　　你曾经像避难的石堡高昂

　　在盲目斗争的人群之上；

　　守着可贵的贫穷，你曾扬起

　　献给真理与自由的歌声——

　　你抛下这一切，留我叹息

　　你昔日的种种，竟都沉沦。

雪莱对于希腊的独立运动具有双重的同情，因为希腊自一四五六年以来即亡于土耳其人的奥斯曼帝国，这不但是异族统治，也是整个欧洲文化的耻辱。希腊人的独立运动始于一八二一年，立刻获得拜伦与雪莱一类自由主义人士的支持。雪莱的诗剧《希腊》(*Hellas*)就是写于这一年。在该剧的序文里，雪莱指责欧洲列强坐视不救之无情无义，他说："文明世界之所以文明，端赖希腊，而各国当局面对其后代之可悲处境，竟然无动于衷，实在难解。"在序文中雪莱又纵谈希腊的战局与希腊的留学生纷纷归国赴难的近况，继而分析西班牙、法国、意大利、德国等地的"革命形势"，足见雪莱对当代的政情有相当了解，并不如安诺德所说的那么不食人间烟火[4]。序文里还有这么一段：

> 夫俄罗斯之图希腊也，在并吞其国，非解救其民也。土耳其，俄罗斯命中之顽敌；希腊，俄罗斯意中之驯奴。俄罗斯之所快，莫如二邻之互斗俱伤，以擒其一，或并而吞之。为英国计，智仁兼顾之道，莫如立自主之希腊，扶其抗俄而御土……[5]

这一段话，议论纵横，气势雄放，我故意用文言来译，是要加强读者的联想：就是雪莱散文的笔法也有点《战国策》的风格。这一点，只读了雪莱几首抒情小品的一般读者，简直难以想象：正如"十年一觉扬州梦"的读者，也往往昧于杜牧《原十六卫》论兵的一面。也就是这一点，令我们想到笔势夭矫议论凌厉的龚自珍[6]。

定庵生当乾隆盛世的尾声。乾隆之治长达六十年，与雪莱躬逢的乔治三世为期相等。可是雪莱死前七年，英国刚大败法国于滑铁卢，国威远播；定庵却死于鸦片战争的炮声之中，他在丹阳暴毙时，雪莱的同胞（也就是雪莱所谓的"双边剑"英军）正在攻陷定海与宁波，可说已在战场的边缘。雪莱死后十五年，英国进入六十四年的维多利亚全盛时代；定庵死后九年，洪秀全便起事了。定庵年轻时的白莲教与天理教之变，已经一叶报秋；到了鸦片战争，汉人在异族的统治之下更要遭受西方帝国主义的侵略。在一般文人歌颂清代"天下升平""超唐迈汉"的衰世前夕，龚自珍第一个警报秋之来临。早在一八二〇年，他已经在《逆旅题壁，次周伯恬原韵》一诗中传递这样的消息：

秋气不惊堂内燕，夕阳还恋路旁鸦。

"堂内燕"当然是指昧于民情世局的王公大臣：燕子，
是春天的象征；秋天已到堂外，但堂内的燕子还在做
其春梦。秋，是岁之将暮。夕阳，是日之将暮。衰世，
已经要来了。秋气来自西方，也可象征列强之来袭：
这时"夷氛"初炽，定庵当然未必射此，但如此解来
也未必不合。在《自春徂秋偶有所触拉杂书之漫不诠
次得十五首》之二中，定庵又说：

> 黔首本骨肉，天地本比邻。
> 一发不可牵，牵之动全身。
> 圣者胞与言，夫岂夸大陈？
> 四海变秋气，一室难为春。
> ……
> 所以慷慨士，不得不悲辛。
> 看花忆黄河，对月思西秦。
> 贵官勿三思，以我为杞人。

这真是一首有大我气魄的作品。西方人津津乐道的邓
约翰布道词："没有人是一个岛，自给自足；每个人都
是大陆的一部分，整体的一片段……不论谁死了，我
都受损，因为我和人类息息相关。所以不要派人去问，
丧钟为谁而敲。丧钟为你而敲。"[7] 其意正与定庵此诗

相似。"四海变秋气，一室难为春"说个人不能独善其身，比闻一多那首命意相似的《静夜》精练得多。秋天对于定庵，似乎最有含意。雪莱说："如果冬天来了，春天还会远吗？"定庵却比较沉重，宁以杞人忧天的口吻说："如果秋天来了，冬天还会远吗？"来唤醒沉沉的国魂。有名的《秋心》三首之一，便慨叹"秋心如海复如潮，但有秋魂不可招"。而在《己亥六月重过扬州记》一文里，明明是盛夏之游，结句却起秋思，说："澄汰其繁缛淫蒸，而与之为萧疏澹荡，泠然瑟然，而不遽使人有苍莽寥沈之悲者，初秋也。今扬州其初秋也欤？予之身世虽乞籴，自信不遽死，其尚犹丁初秋也欤？"定庵的预感比他想象的应验得更快：扬州的没落，他自己的暴卒，清代的衰亡，相继而来。

定庵警告衰世之将至，除了用秋天之外，还常以夕暮为象征。他时而说"夕阳忽下中原去"，时而又说"忽忽中原暮霭生"。这象征发挥得最动人心魄，是在《尊隐》一文里。《尊隐》是他二十三四岁的得意之作，晚年还自称为高文。他在文中把一日分为"蚤时、午时、昏时"来影射朝代的盛衰。蚤时日光不炎，吸引清气，君子在京师，鄙夫在山林。午时日光炎炎，吸饮和气，君子在京师，窒士在山林。但是到了昏时，就发生如下的变化：

日之将夕，悲风骤至。人思灯烛，惨惨目光，吸饮莫气，与梦为邻，未即于床。丁此也以有国，而君子适生之，不生王家，不生其元妃嫔嫱之家，不生所世世絫之家。从山川来，止于郊而问之曰，何哉？古先册书，圣智心肝，人功精英，百工魁杰所成。如京师，京师弗受也，非但不受，又裂而磔之。丑类皆窳，诈伪不材，是辇是任，是以为生资，则百宝咸怨，怨则反其野矣。贵人故家蒸尝之宗，不乐守先人之所予重器，不乐守先人之所予重器，则窭人子篡之，则京师之气泄，京师之气泄，则府予野矣。如是则京师贫，京师贫，则四山实矣。古先册书，圣智心肝，不留京师，蒸尝之宗之子孙，见闻婥婳，则京师贱，贱，则山中之民，有自公侯者矣。如是则豪杰轻量京师，轻量京师，则山中之势重矣。如是则京师如鼠壤，如鼠壤，则山中之壁垒坚矣。京师之日苦短，山中之日长矣……朝士寡助失亲，则山中之民一啸百吟，一呻百问疾矣。朝士傝焉偷息，简焉偷活，侧焉徨徨商去留，则山中之岁月定矣。多暴侯者，过山中者，生钟虡之思矣。

童孙叫呼，过山中者，祝寿考之毋遽死矣。
其祖宗曰：我无余荣焉，我以汝为殿矣。其
山林之神曰：我无余怒焉，我以汝为殿矣。
俄焉寂然，灯烛无光，不闻余言，但闻鼾声，
夜之漫漫，鹃旦不鸣，则山中之民有大音声
起，天地为之钟鼓，神人为之波涛矣。

"京师"当然是指当局，"山中"则指人民。定庵
把两者对立起来，认为京师日轻，山中日重，京师日
空，山中日盈，京师之日短，山中之日长。最后山中
必发惊天动地之大音声，打断漫漫的长夜。定庵死后
不久，太平天国便兴起。有人认为山中的大音声应验
在此。其实洪秀全起事未成，尚说不上"天地为之钟
鼓，神人为之波涛"。说它应验在辛亥革命，也许更为
适合。说得巧合一点，"中山"倒过来不就成山中吗？
定庵二十九岁时曾作《西域置行省议》与《东南罢番
舶议》，要对付陆上觊觎的俄国与海上侵略的英法列
强。暮年在《己亥杂诗》中，他对此事仍念念不忘：

文章合有老波澜，莫作鄱阳夹漈看。
五十年中言定验：苍茫六合此微官。

第一句是说：文章应有波澜壮阔的才气。第二句是说：我少年时所作二议，是洞察时弊的雄文，不可当作鄱阳（马端临）与夹漈（郑樵）的胪列文献。末二句的文法可以解作"苍茫六合此微官（所）言五十年中定验"，意为"苍茫六合之中，我这微官所做的预言，不出五十年必定应验"。先见早人五十年，是智；把先见告示世人，是勇。定庵跟雪莱一样，都是智勇过人的斗士。这种诗人是诗人中之先知。

雪莱，像他当日的激进青年一样，极端不满英国当政，认为他们对内则维护贵族地主及新兴的中产阶级，压迫农民及工人，对外则暴虐爱尔兰的少数民族，并反对自由民主所寄的法国革命。雪莱生于法国革命的第三年，他短暂的一生几乎都翻滚在那个运动的洪流及其余波之中。当革命的法国变成恐怖统治的法国，而终于沦为拿破仑独裁下帝国主义的法国时，英国一般自由主义的人士仍不能忘情于法国革命的光荣，简直无法接受拿破仑已成暴君之事。一八一五年，拿破仑兵败滑铁卢，消息传到海峡对岸，广大的英国人民莫不欢庆，但是自由主义者如李衡及海斯立特等却失神落魄，借酒浇愁[8]。英国反抗拿破仑之役（一八〇三至一八一五）期间，执政大臣均为保守党魁，无怪乎雪莱更视之为"凶手"，尤以对历任国防及外交大臣的卡梭利（Robert Stewart Castlereagh, 1769—1822）攻击最烈。此所以雪莱在滑铁卢之次年，一面骂拿破仑为"没落的暴君"，另一面却又不放过从崇法到反法的华兹华斯，骂他为变节者。龚自珍生当文字狱的清代，在《尊隐》《明良论》一类作品里对统治者的不满虽亦强烈，毕竟只能转弯抹角，用较为象征的方式来表达。雪莱对英国统治者的不满，在《一八一九年的英国》一诗里就公开得多了：

又狂又盲，众所鄙视的垂死老王——
王子王孙，愚蠢世系的沉淀残滓，
在国人腾笑下流过——污源的浊浆；
当朝当政，都无视，无感，更无知，
像水蛭一般吸牢在衰世的身上，
终会蒙蒙然带血落下，无须鞭笞；
百姓在荒地废田上被饿死，杀死——
摧残自由，且强掳横掠的军队
已沦为一把双刀剑，任挥者是谁；
法律则拜金而嗜血，诱民以死罪；
宗教无基督也无神——闭上了圣经；
更有上议院——不废千古的恶律——
从这些墓中，终会有光辉的巨灵

一跃而出，来照明这满天风雨。[9]

英国当日的王室、军队、教会、议会，雪莱莫不痛加抨击。结尾也像《尊隐》一样，预言人民会起来革命，推翻黑暗的政权。雪莱正如定庵，也是先知型的诗人。《尊隐》的写作年代与《云雀歌》《西风颂》等诗相当。在《云雀歌》的结尾，雪莱希望学云雀那样一鸣惊人，以唤醒世界：

> 我的唇间将泻出
>
> 那样和谐的狂放，
>
> 让全世界倾听——像我听你唱一样。

在《西风颂》诗末，他又对西风说：

> 吹我成你的风琴，像你吹撼那森林。

又说：

> 把我的身后遗念吹遍全世界，
>
> 像枯叶片片，去催出新的生机！

凡此种种都流露他要做革命先知的强烈欲望，正像定庵预言江湖上将有"大音声"扬起。雪莱要唤醒沉睡的世界，正如定庵要在"万马齐喑究可哀"的衰世"但开风气不为师"。雪莱愿做枯叶去催生新机，这种自我牺牲的奉献感，也可比《己亥杂诗》第五首后面的名句：

> 浩荡离愁白日斜，吟鞭东指即天涯。
> 落红不是无情物，化作春泥更护花。

定庵在鸦片战争前夕，他四十八岁那年，因为变法革新的言论"忤其长官"，在北京不能再留下去，乃辞去微官，一车自载，一车载书，南归故乡杭州。这不但是出京，也是一种决裂：正如他在《尊隐》中所说的，"圣智心肝，人功精英，京师弗受也"；他退朝归野，正是他所谓京师之势轻，而山中之势重。他回顾京师，有这样的描写：

> 罡风力大簸春魂，虎豹沉沉卧九阍。[10]

当年他对军机处也用怪物来描写：

仙家鸡犬近来肥，不向淮王旧宅飞，

却踞金床作人语，背人高坐着天衣。[11]

　　淮王鸡犬虽是古诗常用典故，在此却有妖怪充人的感性，令人悚然想到欧威尔（George Orwell）的《百兽庄》（*Animal Farm*）。雪莱在《暴行的假面具》里，曾用各种怪物来描写英国朝廷；在《贝彼德三世》（*Peter Bell the Third*）长诗里他更公然称伦敦为地狱，又令人想到欧威尔的《一九八四》。下面是摘自《贝彼德三世》的几段：

地狱是一座很像伦敦，

　　一座拥挤而多烟的城市；

各色人等在其中沉沦，

寻欢作乐却少有缘分；

　　难得有公理，更少仁慈。

有人叫卡梭，有人叫卡梭利，

　　有人叫卡贝，有人叫康宁；

各种卑鄙的僵尸设计

各种穿孔的骗人把戏，

　　凿穿较佳僵尸的头顶。

还有个（私生子）已经失去

    或卖掉了理性，谁分得清；

他像双重的鬼影来来去去，

尽管他快像骗子般清癯，

    却愈变愈阴沉，也愈多金。

还有衡平法院；还有皇帝；

    还有胡乱生产的人民；

还有一伙贼选派自己

去代表同伙的贼兄贼弟；

    还有军队；还把公债发行。

这公债只是纸币的计划，

    用意可以这样子解释：

"蜜蜂啊，我拿去蜜，你留下蜡，

趁天气晴朗，我们要种花，

    为了到冬天可以应市。"

满城的人都大谈其革命，

    还说暴政大概已难逃；

德国兵、营地、一团乱纷纷，

闹哄哄，抽签，发火，以假为真，

杜松子酒，自杀，美以美教条。

还有酒要课税，以及面包，

　　肉税、啤酒税、茶税、乳酪税，

好供养纯洁的爱国同胞，

供他们饕餮十倍的脂膏，

　　然后跟踉跄地上床酣睡。

这就是地狱——在这座烟城，

　　人人都该谴也都被人谴；

　　每个人都猖猖地谴骂别人：

你谴我，我谴你，满城纷纷；

　　不是别人，是伦敦人自谴。

　　《贝彼德三世》是一首颇有幽默感的讽刺诗，以"反革命"的华兹华斯为主要对象，间及苏赛与柯立基：这是雪莱诗中最近拜伦风格的一首。上引描述伦敦这一节，对英国当局的无道，从乔治三世、内阁大臣、法院、国会，一直到经济制度，都有露骨的讥刺。此诗写于一八一九年，与《暴行的假面具》同时，但真正发表则有待作者死后[12]。这两首长篇讽刺诗能在英国刊印，不能不说言论尺度相当宽了。反之，定庵的政治讽刺常用典故，求其曲隐，而所刺对象，最多及于"君侧"，绝对不敢稍涉君王本身，例如前引的七绝，在"罡风力大簸春魂，虎豹沉沉卧九阍"之后，紧接着便是"终是落花心绪好，平生默感玉皇恩"。落花，即指春魂，也就是暗喻自己仕途受挫，与他名句"落红不是无情物，化作春泥更护花"同一象征。玉皇即指皇帝，不幸被九阍的虎豹所阻隔。

两位诗人既都不满自己的当局，也都不为当局所容，乃在重大压力下离京南下，浪迹于江湖之间：雪莱出伦敦而客意大利，定庵出北京而隐江南；雪莱把京都写成地狱，定庵把京都写成鼠壤；雪莱自放后四年溺海而死，定庵自放后两年暴病而亡，结局来得都很突然。

雪莱以写《无神论之必要》(*The Necessity of Atheism*) 除名于牛津大学；定庵从二十八岁到三十五岁一连五次会试落第，第六次因为《安边绥远疏》的建言震惊阅卷诸公，以"楷法不中程"的借口不列优等，而断了翰林院的路。雪莱的反抗强权，与他的教育背景颇有关系。他在中学时读有名的伊顿书院 (Eton College)；别的男孩嫌他姣好如少女，喜欢独坐沉思，便欺负他，雪莱每次都奋战不屈，赢得"疯雪莱"之名。雪莱的民主言论、宗教观念、社会态度，对当朝权贵与保守文人的强烈反感，在在都引起普通人的疑惧。当日英国书评家对他的不满，也往往在他的思想，而非全然针对他的诗艺。例如《黑森林杂志》就这么评他的长诗《回教之叛徒》："看得出雪莱先生具有富于诗感的心灵，和永远强烈善变的缤纷辞藻。不过他的一切思路都有一股邪气，如果他不能摆脱这一点，就难望赢得众多高明读者；尽管如此，他仍不时流露出吉光片羽的正确见解与仁厚胸襟，即连最挑剔的批评家也不应一概抹杀。他的命运操在自己手里：如果他善自为之，必有辉煌前程；如果他邪用其才而不改，使之沉沦为下流诡辩的工具，则其才华适足自暴其丑。"这一番教训令我们也想到定庵身处"避席畏闻文字狱"那时代的危境。早在定庵二十六岁时，苏州举人王芑孙看过他的作品之后，就在信上说他"诗中伤时之语，骂坐之言，涉目皆是"，怕他"口不择言，动与世忤"，劝他要"修身、慎言、远罪" [13]。定庵却不为所动。

定庵亦知名高谤随之理，屡欲戒诗，而终于忍不住要破戒。他自己也说："欲为平易近人诗，下笔情深不自持。"定庵论诗绝句《舟中读陶诗》说：

陶潜诗喜说荆轲，想见停云发浩歌；
吟到恩仇心事涌，江湖侠骨恐无多。

陶潜的诗不尽平淡，此点朱熹早已提到，可是在政治上这么深入探讨，而在诗句上这么激昂咏歌的，仍非定庵莫属。只有侠骨自具的定庵，才识得陶潜平淡背后的豪情[14]。同样地，定庵在《最录李白集》一文中所析：

> 庄、屈实二，不可以并，并之以为心，
> 自白始。儒仙侠实三，不可以合，合之以为
> 气，又自白始也。其斯以为白之真原也已。

其实正是夫子自道。而在这二心三气之中，定庵尤其富于热血不平的侠气。他的《湘月》词中便有"怨去吹箫，狂来说剑"的豪语。箫心剑气，正象征他侠骨的柔刚两面：这两个对照的意象经常出现在他的名句之中。侠骨所以激越难平，正因为它植根于深厚的同情。罗家伦就说过"侠出于伟大的同情"。前文我曾强调，比起西方诗人来，定庵是一个"伦理人"，他在诗中流露出对母亲至深的孺慕，也表现对于叔祖、舅舅、姑母、保姆等等的无限依恋。推而广之，他对于艰苦的黔首更具有儒者的关切。《己亥杂诗》之八十三写漕粮北运，在运河通过黄河时，因水位差异，设闸调济，所以每条船需用纤夫十人。他在夜间听见拉纤者极力

呼喝（邪许）之声，想到自己吃的也正是他们运送的官粮，不禁为之泪下。诗云：

> 只筹一缆十夫多，细算千艘渡此河。
> 我亦曾糜太仓粟，夜闻邪许泪滂沱。

另有一首则为农民慨叹：

> 不论盐铁不筹河，独倚东南涕泪多。
> 国赋三升民一斗，屠牛那不胜栽禾？

作者不在其位，所以盐铁专卖、黄河漕运等民生大计他管不着，空自伤怀。农民缴税原定每亩三升，实际上是收一斗，种田真还不如杀牛了。

定庵治学虽广，主要却在通经致用。对内他主张变法革新，唯才是用；对外他建议以边安边，足兵足食。鸦片、科举、缠足、迷信、虚礼等等，都是他大力抨击的东西。他不屑追随经学家们去胪列文献，俯仰虫鱼。他在有名的《咏史》七律中批评无聊文人在官场上做弄臣清客：

> 金粉东南十五州，万重恩怨属名流。

牢盆狎客操全算，团扇才人踞上游。

避席畏闻文字狱，著书都为稻粱谋。

田横五百人安在，难道归来尽列侯？

雪莱对当日的文化界也极不满意，在十四行诗《政治之大道》（*Sonnet: Political Greatness*）里这么说：

既无幸福，也无高贵与美名，

也无和平、力量、武功与文艺

来带领驯伏于暴政下的黎民；

诗歌全唱不出他们的心意，

历史只是他们羞辱的投影。

艺术蒙起了明镜，或脱群惊逸，

任盲目的黔首无人照管……

雪莱的时代是英国文学史上人才鼎盛的浪漫时代，不但诗文并茂，就是艺术也有康斯塔堡（John Constable）与泰纳（Turner），还有个诗画双绝的布雷克，绝对不像他所说的那么荒芜。定庵凛于俄国与英国等帝国主义之窥伺中国，在《己亥杂诗》中愤然说道：

> 猰貐猰貐厉牙齿，求覆我祖十世祀。
>
> 我请于帝诅于鬼，亚驼巫阳莅鸡卟。

这实在不能算定庵出色的作品，而鬼神也非却敌的正道，不过忧国之忱终是可感，毕竟那时鸦片战争已逼人眉睫了。雪莱当日英国方挫强敌，并无外侮，他只能就近在意大利声援希腊抗土的独立战争，一面谴责自己的英国政府和土耳其的暴君沆瀣一气。其实他在《贝彼德三世》中痛骂的康宁（George Canning，1770—1827）就在雪莱死后复任外相，不但联合法俄促成希腊独立，而且也支持天主教徒的民权运动。卡贝特（William Cobbett，1763—1835）不但走遍农村，为贫苦的农民请命，并指责遥领的新兴地主漠视佃户，后来更激烈参政，促进国会的革新。至于被雪莱咒得最凶的卡梭利，虽然镇压过爱尔兰人的反叛，却在拿破仑战争时代保卫过英国。雪莱既称拿破仑为暴君，则身为英国国防大臣的卡梭利也自有贡献。

雪莱实在是一位理想主义的革命家，他对人类的博爱弥漫在他作品的字里行间，自然无可怀疑。不过，他虽然是坚守原则的人（man of principle），他对人类的博爱却显得空泛而抽象，往往不能因小见大，举一反三，落实到血肉之躯的个体上来。雪莱是柏拉图的信徒，认为现实世界只是"理型"的抄袭，真理的赝品，因此他诗中的日月山川、风云雨露往往只是一些意念的假面具。他在《论生命》一文中曾说："所谓符号，希望能做广义的解释，包括该词应有的本义，和我特指的意义。我的特别解释是：几乎一切常见物体都是符号，由于那些物体能够引起我们从一念衍生众念，所以它们代表的是别的东西，而非原物。"这样的思路在哲学上自有其道理，但是用到诗里来，就会平添许多误会，令读者常常扑一个空。雪莱诗中的知性往往缺少感性的支持，落不了实，每令读者不得满足。雪莱诗中的人类常常不能兑现成个人。他热爱人类，但对待周围的个人却往往不近人情，甚至无情。早在十七岁时，他的博爱无处可寄，乃就地取材，拯救了一位被父母"压迫"的十六岁少女海丽雅，和她私奔去爱尔兰。三年后，他发现海丽雅并不特具性灵，也不了解文艺，又和刚认识一个多月的玛丽私奔去大陆，而置前妻于不顾，致两年之后海丽雅溺河天亡。在追求玛丽的初期，雪莱竟要求海丽雅能尽量欣赏玛丽。他写信给海丽雅说："但愿你能会见她。即使最冷漠的人见到她，也会动心的，就算不为别的，至少也会同情她的痛苦与所受的压迫。"在信中他又说："就算你对我爱情的对象与同伴不能同情，不表关切，我也不会怪你。"雪莱既与玛丽私奔，竟又函邀海丽雅去和他们同住，当为海丽雅所拒。雪莱死时尚不足三十岁，却已生过六个孩子：海丽雅所出的两个，法院判决雪莱不得收养；玛丽所出的四个，第一胎只怀了七个月，诞后两周便夭，克拉瑞只活了一岁，威廉只活了三岁半。玛丽生头胎时，做母亲的只有十八岁，而做父亲的雪莱只有二十三岁。三婴之早夭和父母的年幼无知而又生活不定，颇有关系。雪莱与玛丽正式结婚之后，又屡次转而恋慕其他女子，令玛丽十分不悦。他天真一如儿童，也能因无知而伤人如儿童。他能够抽象地远远地爱人类，却往往不能善待近在身边的人。坚持原则的人，有时会做出无情的事来。

定庵的元配段美贞，婚后一年多即夭逝，继室何吉云却比他长寿。这一点又和雪莱相同，不同的是，未闻定庵的前后婚姻有何不满。其实，中国旧式的婚姻固然往往造成不幸，但是雪莱在哲学家戈德温（William Godwin，后来成为雪莱岳父）鼓舞下追求的西方自由恋爱，何尝不会被人利用，成为负心的借口？定庵热爱近在身边的家人，尤其依恋慈母，而对老师与朋友的感情也十分深厚，常见乎诗文之中。他为劳苦的纤夫下泪，为重税的农夫不平，为泣于路隅的弃妇感叹[15]，他"朝从屠沽游，夕拉驵卒饮"。他泛爱众生，却未忽视周围的个人。他神游庄子与禅境，却不像雪莱那样陷于柏拉图而不能出。

六十年来雪莱的盛名受挫而不振。近年不断有调人出来为他求情，或谓他的天才不在戏剧与叙事，而在短篇的抒情；或谓他抒情诗的七彩烟雾已不足观，但他的"政治诗"（political poems）却令人刮目相看。诗人洛德曼（Seldon Rodman）的看法颇能代表后面的一派：

> 十八岁的时候，我不能相信还有比《音乐，当柔美的声调停顿》《灯碎之时》《印度小夜曲》更伟大的抒情诗了。二十岁的时候，我欣赏《连环的灵魂》《敏感的植物》《生之胜利》的"晦涩"。二十一岁的时候，我含泪在济慈的墓前整段整段地背诵《阿当奈司》的诗句。十年之后，我发现那些抒情诗淡而无味，那些玄想诗装腔作势，而那首挽歌冷漠无情。目前我对那些诗都不敢再随意抹杀，可是雪莱早期的"政治诗"，我少年时代曾经认为不堪卒读，现在经大家发现出来，却令我重新肯定他的分量。这些诗抨击无情的当局，动人心弦，又描写将临的都市噩梦；

有谁读后，还会像安诺德那样，把雪莱叫作
"美丽而无用的天使，徒然在虚空里扑动耀眼
的双翼"？[16]

雪莱的这些政治诗颇能一洗他玄思冥想、不着边际的
毛病，刚劲而明快地把握现实，显示诗人另有其社会
担当的一面，令人重估雪莱的价值。可是我们能否因
此径称他为"人民的诗人"呢？瓦吉克在他的长文《为
雪莱辩护》里这么称颂雪莱：

> 在所有浪漫诗人之中，他的政治与社会
> 见解最富革命精神。他的诗，在批评并反映
> 当代社会环境上最不妥协，在坚持社会正义
> 上最为热情。因为他的诗艺传播的是革命的
> 消息，他已经超出了中产阶级所能了解的范
> 围；所以中产阶级的批评家论到他时，不是
> 痛骂，就是曲解，别无他途。但是在劳动阶
> 级的运动之中，他却一直赢得了解与爱戴。
> 早在他惨遭维多利亚时代批评家歪曲之前，
> 工人们就尊他为"人民的诗人"了，因为他
> 悲叹他们的苦难，表达他们的要求。[17]

雪莱的革命热情多半传播在他的长诗里，可是由于他的诗艺"对实物的把握不足"，把常见的物体当作代表他物的符号，他的诗境每每陷于恍惚迷离之中，连学者都难追随，更不论劳动阶级了。雪莱是一位情绪性的诗人，偏偏又爱用曲折而连环的隐喻来寄托他的情绪和意念，最易令读者心劳力疲。我读雪莱的诗，常有这样的综合感觉：音调爽利，滑不留口；比喻缤纷，但不明确；意念朦胧，难以把握。《诗品》说："若专用比兴，患在意深，意深则词踬。"雪莱的毛病就在比兴太多而赋得不够，却又不很擅用比兴。雪莱比较"大众化"的作品是短篇抒情诗，但那些多半是所谓"个人主义"的情绪。我们颇难想象，劳动阶级怎么会了解并爱戴雪莱。

　　我并不认为"人民诗人"是衡量大诗人的唯一标准，可是所谓人民诗人至少应有三个条件：第一，作者站在人民一边，为人民说话；第二，作品流传民间，至少读者众多；第三，生活于人民之中，至少接近人民。在这三重条件之下，浪漫诗人之中恐怕只有苏格兰的彭靳（Robert Burns）才称得上真正的人民诗人。克莱尔（John Clare）也勉强可算一位。

　　雪莱十足符合第一个条件，却通不过后面的两个。如众所知，他的读者主要是少年，尤其是中产阶级的少年。他和拜伦都看不起中产阶级，可是他们的读者，正如一般诗的读者一样，主要仍来自中产阶级。

最大的问题是第三个条件。英国的浪漫诗人之中，鼓吹民主、歌颂革命的，反而是贵族出身的拜伦和雪莱，不是律师之子华兹华斯，牧师之子柯立基，布商之子苏赛，甚至马夫之子济慈。其一原因就是贵族之子无须工作，有钱，有闲。雪莱的父亲是大地主，从男爵；祖父在他二十三岁那年去世，留给他一笔可观的遗产（十万英镑），按年支付。他一生不用工作谋生，可以专心写作，尽管如此，也还时常负债。他遇溺时所乘的二十四呎快艇，是以八十英镑定制来的：这在雪莱不过是赏心快意的玩具，其值却已超过当时许多受薪者的年薪。有一次，他和拜伦打赌，说他的父亲会比拜伦的岳母长寿，赌额高达一千镑。这些都不是平民能做的事。瓦吉克在《为雪莱辩护》中说："雪莱认为现代社会的祸根全在'利己的原则，其具体的形象正是金钱'。"这实在是风凉话，因为一般人要努力赚钱，他却自有遗产可用[18]。凡看过雪莱传记的人，都知道他除了读书写作之外，不是对海天冥想，与文友聚谈，便是心神飘飘，在追求他意中的完美女性。他的生活与人民太不接近了，也无须接近，因为他无须求职。托尔斯泰、甘地、史怀哲（Albert

Schweitzer）、早期的梵谷，才真正与民同在[19]。雪莱只是原则上抽象地拥抱人民而已，这已经颇为可贵，但还不像甘地那么难能可贵。每当雪莱要以远救人类之心来近救个人时，他总是挑中一位美丽的少女。这并没有什么不好，可是还不足称为"人民诗人"。

附　注

1. Marxist critics of Shelley frequently cite Marx's declaration that "the real difference between Byron and Shelley is this: those who understand and love them rejoice that Byron died at thirty-six, because if he had lived he would have become a reactionary bourgeois; they grieve that Shelley died at twenty-nine, because he was essentially a revolutionist and he would always have been one of the advance guard of socialism." See editor's note to "In Defence of Shelley' in *Shelley: Modern Judgements*, *ed.R.B.Woodings* (Aurora, 1969).

其实马氏所言，不过是揣测之词。雪莱中年以后在政治立场上会不会变，实难预言。一位作家年轻时愈激烈，年老时往往变得愈保守；佛洛斯特之诗固已慨乎言之矣。且以英国现代诗人为例。三〇年代出身牛津的几位左翼诗人，中年以后都改变了立场：主将奥登皈依了基督教，三十九岁时归化为美国公民，二次大战期间还参加驻德美军战略轰炸测量队工作；史班德（Sir Stephen Sperder）和戴路易斯（Cecil Day Lewis）都脱离了他们早岁参加的共产党，史班德变成了反共甚力的作家，戴路易斯在二次大战期间任职于新闻局，更于六十四岁时成为桂冠诗人；麦克尼斯五十岁时也接受了英国当局颁授的 C.B.E. 名衔。雪莱在《普罗米修斯之解放》序言中说："论者不是误认为我写诗完全是为了要直接推动改革，就是误认为我自命诗中含有对人生深思熟虑的理论系统。我最怕的就是'诗以载道'（didactic poetry）；用散文一样讲得清楚的东西，在诗里无不显得沉闷而累赘。"

2. 一八一九年十一月三日，雪莱致李衡信中说："我们先是听说盛怒的厂主们纵容自己的佣兵，挺着利剑冲向他们饥饿的雇工，而且不听官军的劝告，竟驰入人群，不分男女老少，一律大肆屠杀，割掉女人的奶，把孩童的头撞在石上。"

3. 艾敦（John Scott, Earl of Eldon, 1751—1838）乃极右派保守党魁，反对天主教民权及自由主义之革新最力，在检查总长任内曾制定一七九三年至一七九八年之苛法。席德默斯（Henry Addington, Viscount of Sidmouth, 1757—1844）亦为极右派分子，在内政大臣任内以高压政策对付不满的饥民。卡梭利在后文另有解释。第三段的"骗子"原文为 Fraud，因为抽象名词在中文里往往显得不自然，不易解，故译成具体的人物。诗中同类之例甚多，常加以具体化，以便中文读者。

4. 雪莱的政见可阅其 *A Philosophical View of Reform* 一文。他在早年的长诗《回教之叛徒》序言中曾斥马尔萨斯的《人口论》为诡论。雪莱思路之广，远超过我们平素从他抒情诗中得来的印象。

5. 这一段的原文是：Russia desires to possess, not to liberate Greece: and is contented to see the Turks, its natural enemies, and the Greeks, its intended slaves, enfeeble each other until one or both fall into its net. The wise and generous policy of England would have consisted in establishing the independence of Greece, and in maintaining it both against Russia and the Turks。我把雪莱笔法比《战国策》，是因为龚自珍的文章亦有此风。刘延陵在正中版《明清散文选》序言中就指出，桐城派之后有二文派，一为阳湖派，另一为"学战国的纵横、韩非的廉悍，以地理掌故世情民隐为质干的龚自珍和魏源"。

6. 龚自珍在《程秋樵江楼听雨巷，周保绪画》诗中，有"绝忆中唐狂杜牧"之句。他的七绝，无论在咏史或侧艳方面，都有杜牧的才情。他的文章在论政论兵上也可比杜牧。两人都忧国忧民，也都不得志于有司，而怀才莫展。两人的情诗都哀丽动人，也都留下艳史，有青楼薄幸之名。最巧合者，是皆享年五十。

7. John Donne, *Devotions*, Number XVII。

8. 海登（B.R.Haydon）在日记中记述当时 Leigh Hunt 与 William Hazlitt 之失落情绪甚详：见 John Wain, "Poetry and Social Criticism", in *Professing Poetry* （Penguin, 1977）魏英在文中说：当代西欧所谓进步人士对苏联及斯大林的态度，亦复相似。

9. 垂死的老王指乔治三世。古来的恶律指对于天主教徒权利之压制。巨灵指革命。

10.《己亥杂诗》第三首。

11.《小游仙词》第十首。

12. 此诗在雪莱死后十年（一八三二）才刊出。雪莱的其他政治诗，如 *Political Greatness*（1824）, *The Masque of Anarchy*（1834）, *England in 1819*（1839）等，亦皆刊于身后。

13. 见张祖廉《定庵先生年谱外记》。

14. 《朱子语类》一四〇云："陶渊明诗，人皆说是平淡，据某看他自豪放，但豪放得来不自觉耳。其露出本相者，是《咏荆轲》一篇，平淡底人如何说得这样言语出来。"定庵把《咏荆轲》与《停云》放在一起来读，乃读出陶潜在恩（世受晋禄）仇（刘裕篡晋）交感的心情下，恨世无豪侠如荆轲者可以复仇。《壬癸之际胎观》第四篇所云："心无力者谓之庸人。报大仇，医大病，解大难，谋大事，学大道，皆以心之力。"其中之"报大仇"或另有家国之深意耶？

15. 见《有弃妇泣于路隅因书所见》。

16. See Notes on Shelley in *100 British Poets*, ed.Seldon Rodman（Mentor, 1974）。

17. See Manfred Wojcik, "In Defence of Shelley" in *Shelley: Modern Judgements*, ed.R.B.Woodings（Aurora, 1969）p.284. 瓦吉克说雪莱之见弃于"中产阶级的批评家"，是因为他鼓吹革命的关系，其论不确。即以雪莱同时的批评家海斯立特为例。海斯立特在政治上是自由主义分子：他一方面盛赞华兹华斯的诗，一方面却反对华氏的保守思想；他也像雪莱一样驳斥过马尔萨斯的《人口论》，谓其冷血。他对雪莱诗作的不满，不仅在思想，更在形式。他认为雪莱之病，在好用诗来谈玄载道。拜伦也嫌雪莱好谈玄，济慈则劝他少载道。至于新批评家（the New Critics）之评雪莱，也是为了诗艺，而非析其思想。

18. 雪莱在《回教之叛徒》序言中，表示对法国贫农的同情，曾说过这么一句话："一人极尽奢侈，而他人无面包充饥，在这么不幸的社会制度下呻吟的大众，会听理性的劝告吗？"问题是：雪莱的生活虽未"极尽奢侈"，却也十分舒适。如果他实在不忍安于贫富悬殊的社会现状，大可径效释迦与基督，至少也应向托尔斯泰等贤人看齐。

19. 早期的梵谷曾在矿区传道，与矿工同甘共苦，后期的梵谷与天地万物同在，可说更为伟大，并非"人民艺术家"的名称所能涵盖。

柔肠篇

龚自珍与雪莱另一相似之处，就是都擅写情诗，所以在读者心中都留下了多情的形象。在西方诗中，情诗原来就是一大部门，希腊文化的九缪思里，就有一位专掌情诗的 Erato。从希腊的沙浮到美国的康明思（E.E.Cummings），几乎没有一位名诗人不留下几首情诗。至其歌咏爱情之形形色色，对待异性之或庄或谐，描述性爱之赤露大胆，都不是中国诗所能相比。

在米尔顿之前，十四行诗几乎专写爱情；伊丽莎白时代与浪漫时代的抒情诗，所抒的也尽多儿女柔情。雪莱写了不少情诗，是很自然的事。柏拉图的《雅集清谈》(*The Symposium*)里，说原人是四目八肢的双体，后遭神谴，一剖为二，于是残缺的两半必须彼此相寻，一旦重逢，便紧抱不放，要复合为一。这神话真是爱情的美丽诠释，崇拜柏拉图的雪莱自然接受。

爱情之为诗的主题，在中国古典文学如《诗经》《楚辞》里，本来也相当普遍，在北方和南方的各种民谣里，或豪爽，或低回，也有自然而生动的表现。即使到了唐朝，闺怨春思之作虽然多半是男人设想女人心情，而非正面示爱的"直道相思"，在一般诗中毕竟仍占相当比例。可是到了宋朝，形势大变，儿女之情全遁入词里，诗中几乎不见。任取一种宋诗选集来和唐诗选集对比一下，就可发现此项差别。这和理学大盛于宋有很大关系。从前的读书人不说"情诗"，只说"艳诗"或"侧艳诗"。旧唐书的《温庭筠传》，说他"能逐弦吹之音，为侧艳之词"。侧，就是不正。侧艳，指文辞艳丽而流于轻佻。所以侧艳诗也就是美丽而不正经的诗，名教中人当然有所顾忌。定庵在《己亥六月重过扬州记》文末说：

嘉庆末，尝于此和友人宋翔凤侧艳诗。
闻宋君病，存亡弗可知。又问其所谓赋诗者，
不可见，引为恨。卧而思之，余齿垂五十矣，
今昔之慨，自然之运，古之美人名士富贵寿
考者，几人哉！此岂关扬州之盛衰，而独置
感慨于江介也哉！抑予赋侧艳则老矣，甄综
人物，搜辑文献，仍以自任，固未老也。

定庵找不到故人的侧艳诗，竟然"引为恨"，可见他对
这种诗仍颇珍视。不过说自己"赋侧艳则老矣"，却言
不由衷。因为就在己亥那年，他写了不少情诗，其中
颇有佳作。柳亚子在《论诗三绝句·定庵集》一诗中
赞定庵道：

　　三百年来第一流，飞仙剑侠古无俦。
　　只愁孤负灵箫意，北驾南舣到白头。

灵箫是清江浦（淮阴）的妓女。定庵家在仁和（杭州），
仕于北京，南船北马往来途中才能和她相见，可见其
难，所以说"北驾南舣到白头"。柳亚子对定庵诗艺的
评价，未免过分强调他的"侧艳诗"了。固然诗重感
性，要以近喻远，因小见大，所以赤壁咏史，要托意

213

于铜雀春深，可是既为论诗绝句，却也不能避重就轻。另一方面，近年有些学者或编定庵诗选而尽摒此类情诗，或论定庵之诗而不提此类作品，不然就是一笔带过，斥为"沉迷声色，思想颓废"[1]。这又未免矫枉过正，有点新道学了。要知道："折梅不畏蛟龙夺"是定庵，"梅魂菊影商量遍"也是定庵。《己亥杂诗》三百十五首之中，情诗就占了六十二首，分量不能算轻。一位大作家的心灵有很多面，私己的一面尤见其真，如果强加掩盖，或许能塑出"健康统一"的外貌，却往往失去他矛盾而复杂的真情。我们要认识的定庵，不仅是魏源的畏友，也是段驯的儿子，灵箫的情人。

《己亥杂诗》里的情诗，除了"一骑传笺朱邸晚，临风递与缟衣人"那首据云涉及顾太清之外，可以分为三组。第一组十六首（编号一八二至一九七）悼念一位夭亡的杭州少女，据王文濡的校本可能是"定庵悼其表妹而作"。第二组七首（九九至一〇一，又二四〇至二四三），是为扬州妓女小云而作。第三组三十八首（九五、九七、九八、二〇〇，二四五至二七八），都是写清江浦妓女灵箫。对象的身份不同，定庵笔下的语气也有异。那杭州少女大概出身世家，与定庵有亲戚关系，她的母亲似乎也默认她与定庵的感情，所以定庵的语气在多情之中显得颇为庄重，屡次自称狂生。以下录其五首：

娇小温柔播六亲，兰姨琼姊各沾巾。
九泉肯受狂生誉？艺是针神貌洛神。

阿娘重见话遗徽，病骨前秋盼我归。
欲寄无因今补赠：汗巾钞袋枕头衣。

云英未嫁损华年，心绪曾凭阿母传。
偿得三生幽怨否？许侬亲对玉棺眠。

小婢口齿蛮复蛮，秋衫红泪潸复潸。
眉痕约略弯复弯，婢如夫人难复难。

一十三度溪花红，一百八下西溪钟。
卿家沧桑卿命短，渠侬不关关我侬。[2]

对于青楼中人，他的态度就不同了。下面且录二例：

豆蔻芳温启瓬犀，伤心前度语重提。
牡丹绝色三春暖，岂是梅花处士妻？

对人才调若飞仙，词令聪华四座传。

撑住南东金粉气，未须料理五湖船。

前一首是说灵箫启齿，再提为她脱籍的事，可是她正
如迎春的牡丹，习于繁华，岂能做清贫隐士的妻子？
后一首是说灵箫格调高雅，口才伶俐，东南金粉之地
的繁华气象全靠她来维持，还不到像西施那样随范蠡
乘船归隐五湖的时机。定庵自注也说："此二章，谢之
也。"表面上他在捧灵箫的才貌和艳名，却以林逋与范
蠡自喻退隐，实际仍不愿径收灵箫，做名教罪人。现
代的读者也许会说，这是定庵的封建意识、阶级观念
在作祟。不过定庵的处境不同于雪莱。雪莱两度私奔，
都是和门户相近的良家少女，何况即使如此，也不见
谅于英国社会。此外，雪莱是贵族出身，有遗产可以
坐享，不靠功名，无须求职。定庵却没有这些条件，
何况他尚有妻室，还要面对严父。雪莱倒是远别英国，
不但经济独立，还真自备了一条船遨游江海。雪莱生
当浪漫时代，又私淑柏拉图，一心要寻完美的女性来
谈精神恋爱。他在意大利的"比萨雅集"，尽多金童
玉女，其中最令他倾慕而诉之于情诗的，是威廉姆斯
夫人，简茵。下面且举他的名作《有所赠》(*TO——*)
为例：

有一个字眼常被人秽亵，

  不能再任我秽亵；

有一种感情常误被轻蔑；

  不能再任你轻蔑；

有一个希望太近于绝望，

不必费心去摧毁，

而怜悯，如果来自你手上，

也比自他人可贵。

我不能给你俗称的爱情；

但是你愿否接受

此心向神明奉献而神明

也不嫌弃的拜叩——

接受飞蛾对星光的仰羡，

或是夜色对曙光，

接受我们这悲哀的世间

对于远方的神往？

看得出这首诗继承的仍是欧洲中世纪以还从但丁、彼特拉克等传下来的"骑士爱情"（courtly love）：对于所追求的女子，不但遥遥崇拜，奉若神明，而且谦卑自贬，不敢奢望。此诗前半段中，"有一个字，有一种感情"当然是指爱情；"有一个希望"则指赢得对方的青睐。但是作者立刻表示不存奢望，如果对方能给他怜悯，他已经满足了。后半段则说，我对你的感情不是人间的爱情，而是凡人对神的崇拜。前半对女子的反应退而求其次，只望怜悯；后半对自己的承诺则进而求其尤，必须奉献。前后形成鲜明的对照。

定庵在情诗里有时也采道家或释家的传统，把对方奉若神仙，例如下面这两首：

> 鹤背天风堕片言，能苏万古落花魂。
> 征衫不渍寻常泪，此是平生未报恩。

> 难凭肉眼识天人，恐是优昙示现身；
> 故遣相逢当五浊，不然谁信上仙沦？

前一首把灵箫说成骑鹤飞翔的仙人，一句安慰他的话随风飘坠，都能使死去很久的落花为之还魂。落花，是作者自喻，这意象亦见于《己亥杂诗》其他诗句："终是落花心绪好"及"落红不是无情物"，是辞官退隐的落魄心情。后一首则说灵箫恐怕是佛国优昙波罗花所转生，来凡世消解作者身上的种种不洁，否则仙人怎么沦落来人间。"沦"字对于灵箫身在青楼，尤带双关。

不过定庵对于情人虽然如此恭维，却适可而止，不像雪莱那么经常如此。再举一诗为例：

> 眉痕英绝语诹诹，指挥小婢带韬略。
> 幸汝生逢清晏时，不然剑底桃花落。

此地灵箫已经不是仙，而是人了：是项羽的虞姬。作者说她气宇不凡，词令爽利，就算指挥婢仆都有将才；似此刚烈的性格，要是生当乱世，恐怕就会像虞姬那么自刎而死了。如此一变，灵箫的性格就活生生逼近我们的眼前，有如小说里的人物，而不再是鹤背的仙人。雪莱的情诗往往陷于自己的情绪，能入而不能出，所以我们无从知晓他追求的女神究竟是怎样的"人"。如果我们回头去看前文所引定庵追悼表妹的那五首诗，就可以想见那杭州少女是怎样的人：她有慈母，还有一位江南口音很浓（口齿蛮复蛮）而眉眼有点像她的婢女；她去年秋天已经病倒，如今葬在杭州郊外的西溪。最值得注意的，是"娇小温柔播六亲"那一首。大意是说："你从小温柔，美名播于亲戚之间。不幸夭亡，你那些美慧的姑姨和姊妹都为你伤心落泪。你在地下愿意接受我的赞美吗？我认为你才貌双绝；做起女红来运针如仙，而容貌之美可比洛神。"

雪莱那首《有所赠》也问对方愿否接受自己的崇拜（可比定庵的"九泉肯受狂生誉？"），但对方似在天上，可望而不可即。定庵虽然也把对方神化为洛神，却保留了一半在闺中穿针引线，做典型的江南少女。而她生前的活动空间，也正是兰姨琼姊的六亲众戚。"阿娘重见话遗徽"那首，说这江南少女病中念我，欲将她手绣的汗巾（带）、钞袋（荷包）、枕头衣（枕套）寄给我，却苦无借口；如今她母亲才依她的遗愿当面交我。可以想见这些绣品有多美，因为都是"针神"之作啊。雪莱的情诗一往情深，音调圆美，可惜过分唯心，失之空洞。如果雪莱不那么急于凌空飞起，而能抛给读者一些实物，像定庵诗中的姨姊或针绣之类，则读者的想象就有所攀附了。对比之下，雪莱的情人太远太冷了，还是定庵的情人令人心动。

　　雪莱的情诗里往往见情而不见情人，这是过分主观之故。他在诗里只注意自己澎湃的激情，反而不注意那激情所寄的对象了。从这类诗里，我们其实不容易见到令诗人神魂颠倒的简茵。雪莱一心要追求理想的女性，结果却把握不住真实的女人。就在他写情诗给简茵的期间，他又似乎找到了另一位完美的女性：比萨总督之女埃米莉亚（Emilia Viviani）。据雪莱主观的解释，这位少女是"被囚"在修道院里，只待她

"暴君般的父亲"安排她的婚事。这显然又是一位急待拯救的少女。雪莱称她为"另一自己"，认她做灵魂之伴，为她向大公爵请愿，又写了一首六百多行的晦涩长诗《连环的灵魂》(*Epipsichidion*)，献给"高贵而不幸的埃米莉亚·魏文尼小姐"。不料诗成付印之日，埃米莉亚竟出了修道院做新娘去了。雪莱大失所望，而且懊悔写了这么一首诗。他苦笑说："我简直不忍再读这首诗！诗中歌颂的人只是一朵云，不是女神。"他的夫人玛丽则认为这是一场闹剧，雪莱成了笑柄[3]。这时雪莱已经二十九岁了，他实在不了解女人。他虽然不甚了解爱情，却屡尝爱情幻灭的苦果。他的情诗，正如他的别类作品一样，在短小的篇幅里，因为必须约束自己，往往写得比较凝练耐读。下面这首《音乐，当柔美的声调停顿》(*Music, When Soft Voices Die*) 是一佳例：

> 音乐，当柔美的声调停顿，
> 仍在回忆里留下余震；
> 香气，当可爱的紫罗兰病重，
> 仍在它唤起的感觉里浮动。
>
> 玫瑰花瓣，纵玫瑰已枯萎，

仍可铺床让爱人安睡；

我对你的怀念，在你走后，

仍可让相思枕在上头。

不过雪莱另一首情诗《印度小夜曲》（*The Indian Serenade*）却引起不少学者的批评，兹译于后：

我从梦你的梦里醒来，

醒自初夜的甜睡。

当夜风轻轻地吹弄，

而众星闪着清辉：

我从梦你的梦里醒来

而脚上的一个精灵

竟把我——谁知是怎样呢？

引到你窗前，亲亲！

飘忽的夜风晕倒了，

在昏黑无声的溪上——

木兰花的香气消掉了，

像梦里失掉的妙想；

夜莺啊夜莺的哀诉

逝于她自己的胸怀——

就像我要死在你怀中，

哦，因为你如此可爱！

哦，扶我从草地上起来！

我死！我晕！我恹恹！

让你的爱吻如雨点落在

我失血的唇和眼睑。

又冷又白，唉，是我的脸颊！

又响又快是我的心跳——

哦，把我抱紧，心贴着心，

让我的心终于碎掉。

此诗堪称雪莱的名作，不但选入《英诗金库》(*The Golden Treasury*)，也见于许多选集，但是实在不能算是佳作。首先，中段的三、四两行仍有雪莱滥用比喻之病。香气已经是缥缈之物，却用更难捉摸的"梦里失掉的妙想"来形容。令雪莱的读者不耐烦的，正是这种比兴的烟幕。意象派不满于浪漫派的，也在这种含混的装饰。但更严重的，是诗中过火的激情与感伤的自怜，尤以末段为然。也有人为雪莱辩护，说此诗原为东印度恋曲作词，既名小夜曲，宜乎浪漫而夸大。可是末段那么过火，已得自嘲的反效果了。定庵的情诗亦多感伤之作，却往往带点豪情侠气，不是一味自怜。且看给灵箫的这两首：

明知此浦定重过，其奈尊前百感何？
亦是今生未曾有，满襟清泪渡黄河。

风云材略已消磨，甘隶妆台伺眼波。
为恐刘郎英气尽，卷帘梳洗望黄河。

"此浦"即清江浦。定庵在诗末自注："众兴道中再奉寄一首。"众兴是清江浦沿运河北上约四十公里的一个市镇，所以此诗应该是定庵既渡黄河之后在去众兴途中所赋。黄河在定庵的时代南流至清江浦，注淮河入海。所以定庵过清江浦必渡黄河。别情人而落泪，本是柔肠之事，却发生在横渡黄河之际。清泪不过是几滴水，黄河却是滔滔洪流，这一反衬，倒唤起一点悲壮感来了。后面一首的前两句以作者为主词，自谓壮志雄才都已成空，不如守住妆台来伺候美人吧。后两句以灵箫为主词，说她怕我英雄气短，所以在化妆的时候，有意卷起帘子来北望黄河，暗示我眼光要看远处。前两句虽然儿女情长，后两句却来个逆转，变成英雄气盛。情诗而写得如此曲折而有张力，真是耐读。

这也正是定庵情诗最动人的地方：因为柔情里面蟠着一股侠气，所以能免于肉麻（sentimentality），不致沦于脂粉气。此诗在结构上非常严整，耐人寻味。作者的眼睛带着风霜之色，转来转去都随着情人的眼睛（伺眼波），情人的眼睛却投向帘外的黄河，于是作者的目光也被牵向远方了。这简直是电影镜头的戏：中间还加一面梳妆镜，来曲传两人的"目战"。第二句的"眼波"和末句的"望"，正好把这些贯串起来。相比之下，雪莱的情诗就显得主观而单向，止于抒情，不像这首诗这么戏剧化。

定庵的情诗比较有趣，是因为这些诗里有一个真实的女人，这女人不但美丽，还很有个性，爱闹脾气，被闹的正是定庵。西洋的情诗，尤其是浪漫派的，浪漫派里尤其是雪莱的，总爱把对象孤立起来，加以理想化，往往到了抽象的程度。这种强烈的纯情最能感染少年，却不能持久；凡雪莱的读者几乎都能道此经验。定庵诗里的灵箫可不是雪莱诗里的"安琪儿"。她有口才，也具干才，而且生性刚烈，脾气不易捉摸。显然，定庵跟她热恋加冷战，尝到甜头，也吃足苦头。前引"眉痕英绝语谡谡"那首诗里，定庵就把她比成悲剧美人虞姬，说她幸生盛世，"不然剑底桃花落"。情诗而要写到人头落地，在浪漫派作品里岂可想象？

再引二诗为例：

> 美人才地太玲珑，我亦阴符满腹中。
>
> 今日帘旌秋缥缈，长天飞去一征鸿。

> 青鸟衔来双鲤鱼，自缄红泪请回车。
>
> 六朝文体闲征遍，那有萧娘谢罪书？

前一首说两人吵了架，定庵不辞而去。后一首说灵箫来信赔罪，请他回去；又戏言翻遍六朝的各体文章（例如《昭明文选》所列），岂有女子写信赔罪的前例？"才地太玲珑"是说灵箫太过聪明自负。"阴符满腹中"可作二解：或谓工于心计，或谓胸有甲兵，不肯屈人。阴符，是古兵书名，引申为用兵的谋略。定庵重视边防史地之学，颇以知兵自豪，诗中屡用此词[4]。但是写情诗而用到兵法，也真是奇笔；唯其如此，他的"侧艳诗"才柔里带刚，别成一格。唯斗士始能为情人。定庵在政治上勇于批评，在爱情上也不怯于表示，甚至把豪气也带到情诗里来。请看他在情诗里如何独来独往，不拘礼教：

> 酾江作醋亦不醉，倾河解渴亦不醒。
>
> 我侬醉醒自有例，肯向渠侬侧耳听？

"我侬"和"渠侬"都是定庵的浙江方言,意即"我"和"他"(他人)。在爱情里,定庵的醉醒另有天地,并不理会社会的尺度。雪莱也有这种对抗社会的勇气,但是他的情诗太过天真、阴柔,完全找不到他在政治诗里流露的那股刚强之气。另一方面,他并不了解女性,也没有睁开眼来观察过一个真正的女人,因此他的情诗里只有情绪,却不见情人。简茵虽因雪莱而名垂不朽,永供在一切英诗选里,我们却无从知晓她是怎样的女人。龚自珍则把他的情人置于仙凡之间,有时候更带来我们面前,让我们看到一个真正的女人。他并不要追求一个天使。也只有他,早在一百四十多年前就写出"姬姜古妆不如市,赵女轻盈蹑锐屣"那样反对缠足的诗来[5]。而这,更比"五四"早七十多年。

——一九八四年八月完稿于沙田

附　注

1. 郭延礼选注的《龚自珍诗选》,管林、钟贤培、陈新璋合著的《龚自珍研究》,都是例子。

2. "渠侬不关关我侬"乃吴语,意为:"此事与他人无关,与我却关系重大。" 华兹华斯 She Dwelt among the Untrodden Ways 末段之名句 But she is in her grave, and, oh, / The difference to me! 颇近此意。

3. See André Maurois's *Ariel, the Life of Shelley* (Frederick Ungar, 1952) pp.252—261.

4. 《己亥杂诗》中另一例:"美人捽阃计频仍,我佩阴符亦可凭。绾就同心坚俟汝,羽琌山下是西陵。"

5. 《己亥杂诗》第一一七首:"姬姜古妆不如市,赵女轻盈躞锐屣。侯王宗庙求元妃,徽音岂在纤厥趾?" 定庵在《婆罗门谣》中更歌颂天足的女子说:"娶妻幸得阴山种,玉颜大脚其仙乎!"

后 记

　　《蓝墨水的下游》是我的第五本纯评论集，里面的十一篇文章，除了《龚自珍与雪莱》，都是近五年来所写。《龚》文早在十四年前就写于香港，当时我还在中文大学教书，宋淇把它纳入他所编的论文集《四海集》，与夏志清、宋淇、黄国彬的长文合出一书，由皇冠出版社印行。这些年来，我自己出了十几本书，却始终没有把这庞大如四川的长文收归版图。现在纳入本书，总算金瓯不缺了。

　　其余的十篇"近作"，长短不一，性质各殊，但说来也奇怪，竟然都是应邀而作，并且是用截稿日期逼出来的。前面的五论都在所谓学术研讨会上宣读，除了《蓝墨水的下游》又像杂文又像散文之外，其他四篇更是所谓主题演说，真是好不隆重。其中《缪思未亡》一篇，因为听众来自各国，所以原来是用英文写成，而与中文版本略有出入。

这些所谓论文，在现场听我演而讲之，跟私下展书默而读之，感觉当然不同。现场演讲较为生动，有一点"世界首演"的味道。私下默读则已事过境迁，像听录音一般。说来也巧，《作者，学者，译者》与《缪思未亡》两篇演说，都发表于一九九四年夏天：前一篇在七月八日，正巧是雪莱忌辰；后一篇在八月二十八日，偏逢歌德生日。雪莱译过不少名著，歌德提倡世界文学，对我当天的演说正巧切题，我的讲稿也正好借此破题，而文章也就势如破竹了。

接下来是三篇序言，为邵玉铭与庄因的文集、梅新的诗集而写。序言这种文体，是我中年以后经常应邀而写的一种特殊评论，可谓"人在文坛，身不由己"，也算是一种"遵命文学"，不过也可以乘机了解其他的作家在想些什么，更可以借此厘清我对该一文体的观念。为梅新写的那篇序言，早在他逝世以前就答应他了，却拖到作者身后才含泪写成，悔恨、哀伤之情，直如季札献剑，无处可觅徐君。

以"紫荆"命题的文章，当然是为香港而写。紫荆，正是香港的市花，在硬币上已经取代了女王。

《龚自珍与雪莱》写得最早，却不按编年排在最后，因为此文是我最着力的一篇专论。当年我若未去香港，此文恐怕就不会从鸦片战争入题。去了香港而未从外文系转入中文系，也恐怕不会贸然去探讨龚自珍。香港正是鸦片战争的代价，没有一八四二，也就没有一九九七。人在香港，才会痛切思索中英关系，也才会触动灵机，把同年同月诞生的中英两大诗人相提并论，而觑出许多巧妙来。

　　至于这篇长文算不算什么比较文学，我倒不怎么在乎。只要能把问题说清楚，管它是什么学派什么主义呢！能用龚自珍做试金石，把雪莱擦破了好几块皮，因而觑破英国诗某些虚实，就算值得了。

　　我虽然也写一点评论，却不是理论家，也不是当行本色的评论家。我写评论，主要是由经验归纳，那经验不仅取自个人的创作，也取自整部的文学史。我写评论，在文体上有点以文为论。在精神上，却像是探险的船长在写航海日志，不是海洋学家在发表研究报告。要了解飞的真相，我宁可去问鸟，而非问观鸟专家。

　　　　　　　　　　　　　　　　　　　　余光中

　　　　　　　　　　　　一九九八年中秋前夕于西子湾

图书在版编目（CIP）数据

蓝墨水的下游 / 余光中著. — 上海：上海三联书店，2019.3
ISBN 978-7-5426-6576-8

Ⅰ．①蓝…　Ⅱ．①余…　Ⅲ．①文学评论—中国—文集　Ⅳ．①I206-53

中国版本图书馆CIP数据核字(2018)第276254号

蓝墨水的下游

著　　者 / 余光中

责任编辑 / 朱静蔚
特约编辑 / 李志卿　丁敏翔
装帧设计 / 微言视觉工坊 | 阿　龙　苗庆东
监　　制 / 姚　军
责任校对 / 李美玲

出版发行 / 上海三联书店
　　　　　（200030）上海市徐汇区漕溪北路331号中金国际广场A座6楼
邮购电话 / 021-22895540
印　　刷 / 山东临沂新华印刷物流集团有限责任公司

版　　次 / 2019年3月第1版
印　　次 / 2019年3月第1次印刷
开　　本 / 787×1092　1/32
字　　数 / 127千字
印　　张 / 7.5
书　　号 / ISBN 978-7-5426--6576-8 / I·1479
定　　价 / 48.00元

敬启读者，如发现本书有印装质量问题，请与印刷厂联系0539-2925680。